金沢古妖具屋くらがり堂

夏きにけらし

峰守ひろかず

ポプラ文庫ピュアフル

目次
Contents

登場人物紹介　character

葛城汀一（かつらぎていいち）

金沢に引っ越してきた高校1年生。
小柄で童顔なため、よく年下に間違われる。
おひとよしな普通の人間。

濡神時雨（ぬれがみしぐれ）

汀一のクラスメイト。その正体は唐傘の妖怪。
美形だが、真面目で堅物な性格。
蔵借堂に住んでおり、妖具職人を目指している。

古道具屋「蔵借堂（くらがり）」の面々

向井崎亜香里（むかいざきあかり）……明るくてしっかり者の高校1年生。正体は妖怪「送り提灯」。主に蔵借堂に併設する喫茶「つくも」の手伝いをしている。汀一たちとは別の高校に通う。

瀬戸（せと）……蔵借堂と喫茶「つくも」の店主。正体は瀬戸物の妖怪「瀬戸大将」。

北四方木蒼十郎（きたよもぎそうじゅうろう）……蔵借堂の職人。正体は「ミンツチ」という北海道の河童。

金沢の住人

小春木祐（こはるぎゆう）……亜香里の高校の先輩。大の読書家で、泉鏡花の熱狂的ファン。妖怪の本質を見抜き、読み取った情報を記述することで手帳に封じる力を持っている。

金沢古妖具屋くらがり堂

夏きにけらし

Kanazawa furuyoguya
KURAGARIDO

六月：照り曇り雨もものかは。辻々の祭の太鼓、わつしょい〳〵の諸勢、山車は宛然藥玉の纏を振る。棧敷の欄干連るや、咲掛る凌霄の紅は、瀧夜叉姫の襦袢を欺き、紫陽花の淺葱は光圀の襟に擬ふ。人の往來も踊るが如し。酒はさざんざ松の風。緑いよ〳〵濃かにして、夏木立深き處、山幽に里靜に、然も今を盛の女、白百合の花、其の膚の蜜を洗へば、淸水に髮の丈長く、眞珠の流雫して、小鮎の簪、宵月の影を走る。

（泉鏡花『月令十二態』より）

第一話　犀川の魔物たち

　まだまだ冷え込みが続く、二月初めの土曜日の午後のこと。

　高層のホテルが所狭しと並ぶ金沢駅前を葛城汀一が歩いていると、いかにも旅行者らしい風体の長身の女性が一人、あからさまに道に迷っていた。

　身長は一八〇センチ前後、年齢は見たところ二十代半ばか後半くらい。腰まで届くロングヘアに黒のキャップを斜めに被り、引き締まった体に纏っているのはグレーのニットに白のパンツ。赤いロングコートを羽織り、首元にはコートと同じく鮮やかな赤のストールを巻いていた。傍らに使い込まれた革製のトランクを置き、しっかり通った眉を大きくひそめて、右手に持った紙片と周囲の新しい街並を何度も見比べている。

　その姿を目に留めた汀一は、まず「背の高い人だな」と思い、「赤が似合ってるな」とも思い、「あれはどう見ても迷ってるよな……」とも思った。

　汀一の背丈は一五六センチ。高校一年生の男子にしては低い方である。目が大きな童顔のせいもあって幼く見られがちなので、すらりとした長身を見ると憧れの目を向けてしまうのだ。また、去年の六月に金沢に越してきたばかりの新参者としては、道に迷う気持ちもよく理解できた。

　何せ金沢の地理は難しい。交差点が垂直に交わっていない上、ゆるやかなカーブも多いので、道の先がどこに通じているのか、ここを曲がるとどこに行きつくのかが分からない。地元育ちの祖父母や友人知人は全く苦にしていないようだが、土地勘のない人間にとっては、現在位置を把握することからして困難なのである。

さすがに多少は慣れたとはいえ、この街に住んで八か月になる自分も未だに結構迷うんだから、そりゃ初めて来た人は迷いますよね。分かります。

とかなんとか、足を止めた汀一がダウンジャケットのポケットに手を入れたままそんなことを思っていると、赤いコートの女性はその視線に気付いたようで、はっきりした目鼻立ちを汀一へと向け、よく通る声をおずおずと発した。

「あの、すみません」

「え？　おれですか？　……って、おれですよね」

反射的に自分を指差して問い返し、直後汀一は赤面した。週末の駅前なので人出は多いが、立ち止まってコートの女性を見つめているのは汀一しかいない。じろじろ見てしまってすみません、と頭を下げると、女性は「いいえ」と上品に苦笑し、トランクを手にして歩み寄ってきた。

「地元の方でいらっしゃいますよね？　実は私、道に迷ってしまって」

「ですよねー」

「え？」

「あ、いや、なんでもないです。てか、一応地元ですけど、おれもそんなに詳しくないのですが、ど、どこに行かれるんです……？」

純朴な高一男子としては、年上の、それもスタイルのいい美人と一対一で話すことなどまずないわけで、どうしても緊張してしまう。やや上擦った声で汀一が問うと、女性は「ここなのです」と手にしていた紙片を差し出した。

古い地図を数回コピーしたもののようである。印刷が滲んでいて見づらかったが、線路や金沢駅が描かれていることは分かるので、このあたりの地図ではあるらしい。朱色のネイルが指し示した先には「ビジネスホテル徒然屋」と潰れた文字が並んでいた。

「なんて読むんです？　とぜんや……？」

「つれづれや、です。前にも使ったことがある宿で、確かこのあたりにあったはずなのですけれど、ご存じありませんでしょうか」

「ぞ、存じません、すみません……。ちょっと調べてみますね」

困った顔で見下ろされた汀一がジャケットのポケットからスマホを取り出す。月初めなので通信量は残しておきたいところではあるが、情けは人の為ならず、困った時はお互い様だ。というわけで言われた通りの名前で検索してみると、確かに同名の施設がヒットした。所在地が金沢であることを確認し、地図アプリで位置を表示する。

「あー、ありますね！　この近くですけど、周りを全部大きなホテルに囲まれてるみたいです。ほら」

「本当！　私のこの地図の頃とはすっかり変わってしまったんですね……」

「みたいですね。新しいホテルがたくさんできて、隠されちゃったんじゃないですかね」

「なるほど……。それにしてもこれ、便利なものですねえ」

地図アプリの画面を見せられた女性が目を輝かせる。どうやらスマホを持っていないようだ。お年寄りなら分かるけど若いのに珍しいな、口ぶりも上品だし、箱入りのお嬢様だったりするのだろうか……などと汀一が思っていると、女性は汀一のスマホと目の前の高層ホテル群を見比べ、控えめな苦笑いを浮かべた。

「何度もすみません。ここにはどうやって行けばよろしいのでしょうか」

「えーと……。あー、ぐるっと回らないといけないみたいです。そこのビルの間を通って、右に折れて、その後、ちょっと進んでから二つ目の角を左に」

「む、難しいのですね」

「……良かったら案内しましょうか？」

「よろしいのですか？」

説明を断念した汀一がおずおずと見上げた先で、女性がぱあっと顔を輝かせる。ええ、と汀一は頰を掻いた。

「近いみたいですし、口で言うよりそっちの方が早そうなので」

現在地から目的地までの経路を画面に表示して汀一がそう言うと、女性は「お世話になります」と深々と頭を下げた。

「へー。金沢には前にも何度か来られたことあるんですね」

「ええ。そのあたりを歩いてみたのですが、どこもかしこもすっかり様変わりしていて、驚いてしまいました」

　道案内しながらの汀一の問いかけに、赤いコートの女性は親しみやすい微笑で応じた。そうなんですか、と汀一が意外そうに女性を見る。

「古い街だからほとんど昔のままなのかと思ってました」

「そんなことはありませんよ。いつの間にか新幹線も通っていて」

「え？　前に来られたのって新幹線通る前なんですか？」

　汀一の驚いた声が高層ホテルの裏路地に響く。北陸新幹線が金沢まで開通した時期を考えると、最低でも六、七年くらいは来ていないことになる。それは確かに様変わりしたように見えるかもなと汀一は共感し、その時はなぜ金沢にいて、今また何のために来たんだろう、と考えた。

　学生時代に旅行で訪れたことがあって、気に入ったので再訪したとかだろうか。ちょっと気になるけどそこまで聞くのも失礼だよな、などと思いながら歩くこと十分弱、幾つ目かの角を曲がると、女性の目的地である宿が現れた。

　高層のホテルの陰にひっそり佇む三階建ての小さな建物である。ぱっと見は無人の雑居ビルにしか見えないが、ひび割れた側面には、「ヂネスホテル徒然屋」「自炊の方歓迎」と記された古い看板が傾いて引っかかっていた。「ビ」の字はどうやら落ちたらしい。それを見るなり女性と汀一は同時に声をあげていた。

「あっ、ここです！」

「え、ここですか……？」

「はい！」

「……ほんとに？」

安堵する女性に不安げな声を返し、汀一は改めて眼前の陰気な建物を凝視（ぎょうし）した。若い女性が一人旅の宿に選ぶくらいなのだから小さくても上品で清潔な宿だと思っていたが、目の前にあるのはどちらかと言うと心霊スポットだ。住人が不審な死を遂げて以来そのまま放置されている物件と言われた方がしっくりくる。

「あ、あの……ほんとにここに泊まるんですか？　その、暗いと言うか、不気味な感じですけど」

「こういうところの方が気兼ねしなくて済むんです。落ち着きますし……。本当に、ご案内ありがとうございました」

不安感を丸出しにする汀一の問いかけに女性が明るい笑顔で即答し、深く頭を下げる。

いやここ絶対やめた方がいいですよ！　別のホテル探した方がいいんじゃないでしょうか？　なんならおれ手伝いますよ……と汀一は言いたかったが、それはさすがに出しゃばりすぎだということは自分でも分かる。本人が落ち着くと言っているのだし、大丈夫だろう、多分。汀一はそう自分を納得させ、彼女の安全を祈りつつ、赤いコートの女性と別れたのだった。

＊　＊　＊

「ということがあったんだよ」

その次の日の夕方、汀一はバイト先である「蔵借堂」で、昨日の道案内の一幕を語って聞かせていた。

ここ「蔵借堂」は、金沢の三つの茶屋街の一つ、主計町茶屋街のほど近くにある古道具屋である。泉鏡花記念館のあるあたりから「暗がり坂」と呼ばれる坂を下って細い路地を少し進んだ先に位置しており、黒い屋根瓦に赤茶色の柱の木造二階建てで、道に面した壁には細い格子が並んでいる。あくまで実用品を扱う店であるため店内には骨董や古美術は見当たらず、また、陳列されている古道具の中には、値札がなく、かつ、壁や棚に妙にしっかり固定されているものも幾つかある。

観光地の近くではあるものの、立地が分かりにくいためか、あるいは観光に来て古道具を買おうと思う人はまずいないためか、訪れる者は少なく、この日も客の姿は見受けられない。閑散とした売り場の奥で、アルバイト店員である汀一はカウンターの向こうの椅子に腰かけたまま一通りを話し終え、「でも、ちょっと嬉しかったな」と付け足した。

「おれもやっと街を案内する側になったのかと」

「道を知っていて案内したなら胸を張るのも分かるが、アプリで調べたんだろう」

腕を組んで大仰(おおぎょう)にうなずく汀一に冷ややかな言葉を浴びせたのは、長身で長髪の少年だ。小柄で童顔でカジュアルな出で立ちの汀一とは対照的に、身長一七六センチのすらりとした痩身で、襟元まで留めたハイネックのシャツに焦げ茶色のセーターを重ね、穿(は)いているのはしっかりと折り目の付いたスラックス。背筋も鼻筋も傘の柄か骨のように直線的で、艶やかな黒髪は長く、前髪は左目に、襟足(えりあし)が首筋に掛かっている。

汀一の同級生でありクラスメートであり友人であり、ここ「蔵借堂」の住人の一人でもある少年・濡神時雨(ぬれがみしぐれ)は、カウンターの奥、工房や生活空間や物置に通じる上がりかまちに腰を掛けたまま、軽く肩をすくめてみせた。

「スマホで調べて案内するだけなら誰でもできることじゃないか」

「でも、あの人がわざわざおれに声を掛けたってのは、おれが地元民に見えたからだよね？　それが嬉しいんだよ。しょっちゅう道に迷ってたおれが、やっとこの街の一員になれたみたいでさ」

「大袈裟な……。そもそも君は今でもよく迷うだろう」

「それを言わないでよ」

「まあまあ。で、汀一は駅前で何してたの？」

カウンター前の丸椅子に腰かけていた少女が、呆れる時雨をとりなしつつ汀一へと問いかける。少女の背丈は汀一とほぼ同じで一五五センチほど。少し釣り目気味の大きな瞳と下がり眉が印象的な、愛嬌のある顔立ちで、シンプルで清楚なカーディガンとスカートの上にベージュのエプロンを着けている。

　時雨と同じくこの店の住人であり、蔵借堂と同じ建物内に併設された和風カフェ「つくも」のバイトでもある、向井崎亜香里である。丸みを帯びたショートボブと明るい表情の組み合わせは、まるで夜道を照らす提灯のようだ……と汀一は常々思っていた。好きだ、とも常々思っていた。

　亜香里は汀一や時雨と同じく高校一年生だが、通っている高校が違うため、汀一がこの少女に会えるのは放課後か休日のバイトの時間だけ。蔵借堂とつくもは隣り合ってはいても別の店なので、毎日顔を合わせるわけではない。以前は話す機会もそこまで多くなかったのだが、最近は亜香里が蔵借堂にこうして雑談しに来ることが増えており、それが汀一にとっては嬉しかった。

「この前話してたあれだよ」と、汀一が笑顔で亜香里に向き直る。

「お母さ……母親の誕生日プレゼントを買いに駅ビルに」

「ああ、お母さんの誕生日もうすぐって言ってたもんね。何にしたの？」

「亜香里に薦めてもらった九谷焼のティーセット。値段もそんなにしなかったしね。お店で発送もしてきた。一週間くらいで着くってさ」

　汀一の親は昔から転職が多く、現在はシンガポールで働いている。汀一も親に合わせて転校を繰り返してきたのだが、高校はできれば日本で通いたい、あと卒業まで同じところに通いたい、という理由から、今は金沢にある父方の祖父母の家に住み、時雨と同じ県立高校に通っているのであった。汀一の報告を聞いた亜香里が明るく相槌を打つ。

「喜んでくれるといいね」

「うん。亜香里も時雨も、相談に乗ってくれてありがとう」

「どういたしまして」

「礼を言われることじゃない。君の最初の案……金箔パックはどうかと思ったから口を挟んだだけだ」

「金沢っぽいと思ったんだけどな」

「確かに金沢っぽくはあるけどね……。それに、わたしたちは親がいないからさ。そういう悩みって新鮮で面白かったよ」

「え。あ……そっか。そうだよね」

　亜香里が何気なく付け足したコメントに、汀一は一瞬きょとんと戸惑い、直後、はっと得心した。

　時雨も亜香里も人間ではない。時雨たちはいずれも、伝承や怪談や昔話などに語られる伝統的かつ超常的な存在、いわゆる妖怪なのである。

　この世界には妖怪が実在しており、人間と全く同じ姿で人に交じって暮らしている者も多く、ここ金沢の街には結構な数の妖怪がいる。その事実を汀一が知ったのは、昨年六月、金沢に引っ越してきた翌々日のことだった。

ちなみに時雨は「唐傘(からかさ)お化け」「傘化け」などと呼ばれる傘の妖怪であり、亜香里は夜道に揺らめく燈火の妖怪「送り提灯(ちょうちん)」。加えて、時雨たちの親代わりである二人も妖怪で、「つくも」のマスターである瀬戸(せと)は瀬戸物の妖怪「瀬戸大将(たいしょう)」、蔵借堂の職人である北四方木(きたよもぎ)蒼十郎(そうじゅうろう)は「ミンツチ」という北海道の河童(かっぱ)だ。さらには、蔵借堂で扱っている物品にも、妖怪が使っていた道具や、不思議な力や意志を宿した器物、通称「妖具」が紛れており、値札がなく、動かないように固定されている道具はいずれも妖具なのであった。

妖怪の中にも、同族間で、あるいは人との間に子をなすものもいるにはいるが、時雨たちは伝承が肉体を得て顕現(けんげん)した存在であるため、実の親や肉親と呼べる相手はいない。そのことは知っていたはずなのに……。「気付かなくてごめん」と汀一が肩を縮めると、時雨はやれやれと首を振った。

「別に謝ることじゃない。僕らはそもそもそういう存在なんだ。親がいなくて寂しいとか悲しいとか思ったことはない」

「そ、そうなの？」

「そうだ」

「またまた。小学校の授業参観の時に寂しがってたくせに」

胸を張る時雨を見て亜香里がにやつき、「言うなよ」と時雨が色白の顔を赤くする。同い年なのに相変わらず亜香里はお姉さんっぽいなと思いつつ、汀一は「そう言えばさ」と二人の友人を見比べた。

「時雨も亜香里も、金沢で生まれた……と言うか、出てきたわけじゃないよね？　顕現したのを見つけられて保護されたって話は聞いたけど、見つけたのも瀬戸さんたちなの？」

「違うよ。瀬戸さんと蒼十郎さんはずっとここでお店をやってて、出歩いたりしないし」

「だよね。じゃあ誰が」

「千里塚さんという妖具職人がいるんだ」

　汀一の問いに答えたのは時雨だった。「ちりづか？」と初耳の名前を繰り返す汀一に首肯を返し、妖具職人に憧れる傘の妖怪の少年は玄関の格子戸へ遠い目を向けた。

「定住せずにあちこちを放浪しているんだが、その途中で保護が必要な妖怪を見つけると保護し、育てられそうな知人に預けるんだ」

「へー。その人が時雨も亜香里も見つけたわけか。……と言うか、今更だけど、小さい子供が一人でよく無事だったたね」

「別に赤ん坊が転がっていたわけじゃない。僕ら妖怪は、誰かに認識されることで初めて存在や自我が確定する。言い換えれば、誰にも見つかっていない時は、いるともいないとも言えない状態なんだ」

「む、難しいな……。ともかく、その千里塚さんって人が時雨たちを見つけて、認識して保護したわけだ」

「そう聞かされている。久しく会っていないけれど、怖いところもあるが腕はいい、立派な人だ。僕は尊敬している」

「へー」

キラキラした目で語る友人に相槌を打ち、汀一はその千里塚なる人物――妖怪に思いを馳せた。年齢も性別も種族も分からないが、瀬戸や蒼十郎の知り合いらしいのでおそらく年配の男性なのだろう。老師っぽい老人か、あるいは屈強な感じだろうか。だが汀一が「どんな人?」と聞こうとしたその矢先、道路に面した格子戸が開き、武骨な印象を与える作務衣姿の男性が現れた。

年の頃は三十歳前後。一九〇センチ近い体軀はアスリートのように引き締まっており、赤い手ぬぐいを首に掛け、使い込まれた道具箱を提げている。妖具も道具も何でも直す腕のいい職人にして、時雨の尊敬の対象であり、蔵借堂の稼ぎ頭でもある北四方木蒼十郎の帰還に、汀一たちは雑談を中断した。

「お帰りなさい」

「お疲れ様です。今日はどこで何を」

「寺町の古寺で本堂の雨漏りを直してきた」

「北四方木さん、そんなことまでやるんですね……。もうそれは大工の仕事では」

上がりかまちで靴を脱ぐ蒼十郎の言葉に汀一が苦笑する。蒼十郎は「仏具の修理のついでに頼まれたので、断りづらくてな」と肩をすくめ、ふと思い出したように汀一たちに振り返った。

「修理中にちょっと変わった話を聞いてな。最近、犀川に奇妙なものが出るらしい。いや

『奇妙なことが起こる』と言った方がいいかもしれないが……」

「奇妙なこと、ですか」

「ああ。日暮れ時に変な少年が声を掛けてきたとか、神社の鈴の音のような音が響いたとか、夕暮れに樹上で光るものを見たとか……。いずれも又聞きなので正確なところは分からないが、時雨たちは学校で何か聞いたりしていないか？」

「僕は何も。汀一はどうだ」

「おれもです。てか、同じ学校の同じクラスなんだから、時雨が知らないならおれも知らないよ。亜香里は？」

「わたしも聞いてないけど……それ、また新しい妖怪ってこと？」

「おそらくは」

亜香里に問いかけられた蒼十郎が短くうなずき、それを聞いた時雨と汀一は顔を見合わせた。去年の夏以降、妖具の覚醒や妖怪の顕現が増加したことは、その前後の経緯と合わせて一同の記憶に新しい。亜香里や時雨が眉をひそめる中、汀一が不安げな声を漏らす。

「最近は収まったと思ってたけど……」

「出たばかりとは限らない。前に顕現していたものが今になって確認された可能性もあるし、どこかから移動してきたのかもしれない。ともあれ、放っておくわけにもいくまい」

自分に言い聞かせるように蒼十郎が言った。

妖怪には市役所や警察のように問題の解決を任せられる相手はおらず、故に、妖怪絡みの異変やトラブルについては、気付いたものが対応するのが一般的だ。そのことは半年以上の時雨たちとの付き合いを経て、汀一もよく知っている。

まあ、蒼十郎なら手慣れているらしいし大丈夫だろう。そう思った汀一は「気をつけてくださいね」と労おうとしたのだが、そこに時雨が立ち上がって口を挟んだ。

「あの……調べるだけでも、僕がやりましょうか」

「何？　いや、時雨には学校も――ああ。そうか」

反射的に申し出を断ろうとした直後、蒼十郎は短く黙考し、すぐに小さくうなずいた。この秋に「時雨たちをいつまでも子供扱いせず、任せるところは任せていこう」と決めたことや、寺町の化け物屋敷の一件を時雨が解決したことなどを思い出したのだろう。蒼十郎は「そうだな」とつぶやき、精悍（せいかん）な顔で時雨を見下ろした。

「分かった。だが、無理をするなよ。手に負えないと思ったらすぐに言ってくれ」

「――はい！」

勢い込んでうなずく時雨。その気負いぶりに汀一と亜香里が微笑した顔を見合わせる。蒼十郎が道具箱を手にしたまま奥の工房へと消えると、時雨はふうっと息を吐き、カウンターの椅子に腰かけたままの汀一へと向き直った。

「汀一。そういうわけで、明日の放課後から」

「はいはい。調べに行くけど一人だと心細いから一緒に来い、だろ。分かってるって」

友人の台詞（せりふ）を先読みした汀一が快諾する。あっさりした返答を聞いた時雨は「助かる」

と胸を撫で下ろし、その上でキッと眉をひそめてみせた。

「来てくれるのはありがたいが、勘違いしないでもらいたい。君は妖怪を引き付けやすい体質だから」

「囮として丁度いいんだろ？　それも分かってるし、時雨なら危ないのが出てもちゃんと守ってくれるって信じてるけど……でもさ。一人じゃ不安なのも確かだろ」

「……ま、まあ。否定はせんけん」

　顔を薄赤く染めた時雨が目を逸らしながら金沢弁をぼそりと漏らし、それを見た汀一が「正直でいいね」と満足げにうなずく。すっかり板についた感のある男子同士のやりとりに、亜香里は「仲がいいこと」とどこか羨ましそうに笑った。

＊　＊　＊

　その翌日、授業が終わって放課後を迎えると、汀一はダウンジャケットを羽織りながら時雨の席へ向かった。ロングコート姿の時雨が鞄を手に立ち上がる。

「行くか」

「うん。で、調べるって具体的にどうするの。住民への聞き込みとか？」

「警察や探偵じゃないんだぞ。高校生が聞き回ったところで聞ける話はたかが知れているし、とりあえず現地に行ってみようと思う。何も起こらなかったらその時はその時だ」

「了解」

「何々、何の話？　また二人でどこか行くの？　デート？」

リュックを背負ったショートカットの女子が明るい声で割り込んできた。汀一の前の席の鈴森美也だ。その隣には美也の友人の木津聡子もいる。

　美也は先日の化け物屋敷の一件の依頼人でもあるため、汀一や時雨が怪しい物事に親しんでいることは知ってはいるが、時雨の素性や、妖具や妖怪が実在するということまでは話していない。汀一は「ちょっとね、バイトの話」と適当に取り繕い、その上で「デートでもないです」と言い足した。

「じゃあね鈴森さん、木津さんも、また明日！　ほら時雨も挨拶する」

「え？　あ、ああ……。では、さようなら。また明日」

「お、おう。それじゃ、また明日ね」

「さ、さよなら……」

　時雨のぎこちない挨拶に美也と聡子が応じ、汀一に手を引かれた時雨が足早に教室から去っていく。それをぽかんと見送った後、美也は眉根を寄せている聡子に向き直った。

「どうしたの？　あんたの憧れの濡神時雨くんが、珍しく別れの挨拶してくれたのに」

「憧れ……。うん、そうなんだけど……そうだったんだけど」

「言い直しやがったなこの野郎。今は違うってこと？」

「前の濡神くんって、誰とも馴れ合わなくて、ずっと孤高だったじゃない……？　そこがすごく良かったのに……葛城くんが来てから……」

「あー。なるほどね。まあ、あの恋女房少年が転校してきてから、すっかり変わっちゃったもんねえ、彼」

　複雑な顔の聡子に美也がしみじみ同意する。それは時雨にとって良い変化ではあるのだろうし、であれば歓迎するべきなのだろう。でも聡子の気持ちもちょっと分かるな、と美也は思った。


　クラスメートがそんな会話を交わしているとは知らぬまま、汀一と時雨は今回の事件現場である犀川へと向かっていた。

　犀川は、蔵借堂近くを流れる浅野川と同じく、金沢の城下を挟んで流れる二大河川の一つである。「女川」と評される浅野川が流れが穏やかで水量もそこそこなのに対し、「男川」と呼ばれるこの犀川は勢いが強く水量も多い。

　毎日バスで橋を渡っているので見慣れてはいるものの、改めて見るとやっぱり立派な川である。犀川大橋の南西側の岸の石段を伝って河川敷まで下りた汀一はどうどうと流れる川面に見入り、傍らに立つ友人に尋ねた。

「今更だけど、何が出てるわけ？　北四方木さんは、怪しい少年とか、鈴の音とか、木の上で何かが光るって言ってたけど、そんな妖怪いるの？」

「その全ての特徴を兼ね備えた妖怪というのは聞いたこともないが、そもそもこの手の話の目撃証言というのは不正確なものだからな。実際に確かめるしかない」

「了解。で、具体的には」

「適当にぶらぶら歩いてみよう。方角は……川上と川下、どっちが出やすいと思う？」

「え？　おれに聞くの？　……じゃあ、川上。なんの根拠もないけど」

「分かった」

特に否定する理由も思いつかないのだろう、愛用の赤黒い傘を手にした時雨がうなずき、二人は河川敷に伸びるコンクリート敷きの歩道を上流に向かって歩き出した。

曇った空は既に薄暗く、川を吹き抜ける風はひどく冷たい。こんな時間にこんな場所を散歩する物好きもいないようで、だだっ広い河川敷には二人の他には誰もいなかった。

「寂しいところだね。何か出そう」

「だから来たんだ」

「そうでした……。でも雨降らなくて助かったよ」

「喜んでいるところ悪いがもうすぐ降るぞ」

「え、そうなの？　あ、いや、時雨が雨を感知できるのも、金沢が雨の多い街なのも知ってるけど」

「『けど』なんだ」

「やだなあと思って。やだよ時雨」

「僕に言われても困るんだが」

そんな会話を交わしているうちに、時雨が言った通りにぽつぽつと雨が降ってきた。あー、と嘆く汀一の声。時雨が無言で傘を広げると、汀一はいそいそとその下に入った。

「いつもありがとう」と見上げられ、時雨が嘆息する。

「たまには自分で差したらどうだ？　折り畳みは持ち歩いているんだろう」

「あるけどさ。ほら。でも時雨の傘の方が大きいし、充分二人入れるし」

わざわざリュックから折り畳み傘を取り出して示す汀一である。時雨は無言で肩をすくめ、視線を上げた。

犀川の河川敷は大橋から上流に向かうにつれていっそう広くなっており、二人が今歩いているところはざっと見て二十メートルほどの幅がある。土手の上には桜が植えられ、その向こうにはアパートなどが建ち並んでいた。河川敷に覆い被さるように伸びる無数の桜の枝を見上げ、汀一がぼそりと声を発した。

「桜、咲いたら綺麗なんだろうけど、今は不気味だね」

「同感だ」

汀一のコメントに時雨が同意する。だよね、と汀一がうなずくと、その体がぶるっと震えた。単純に寒いのもあるけど、おれは怖いんだろうな、と汀一は自覚した。土手の上にまばらに並んだ街灯しか光源がないので、あたりはかなり暗い。しかも今から正体不明の妖怪に会おうというのだからなおさらだ。

「あのさ、時雨。さっきは何が出るか分からないみたいなこと言ったけど、全然見当もつかない感じ？」

「候補は挙げられなくもない。たとえば、樹上に怪しい光を見たという証言は、『釣瓶落とし』の系統を思わせるな」

「釣瓶落とし？」

「釣瓶というのは縄や竿を付けて井戸の水を汲み上げる容器のことだ。その釣瓶の動きのように、樹上からまっすぐするすると降りてくる妖怪を釣瓶落としと呼ぶ」

「へー。何が降りてくるの」

「色々だ。桶、薬缶、鍋、生首、あるいは火の玉……。容器が化けた妖具である場合が多いと聞くが、地域によっても差異があり、ここ、加賀には『お菓子を入れた器が降りてくるが、うっかり食べてしまうと後から代金を請求してくる』という話が伝わっている」

「何それ。詐欺だ」

「別に詐欺ではないだろう。食べなければそれでいいんだ」

「まあそうだけどさ。で、鈴の音が聞こえるとか変な少年が出るって話は何なの？　釣瓶落としにはそういうのもいるわけ？」

「いないはずだ。そこがよく分からない」

　神妙な顔で時雨が沈黙する。博識な時雨にそう言われてしまうと、妖怪に明るくない汀一に返せる言葉があるはずもなく、「そうなんだ」と相槌を打つしかなかった。

　話しながら結構歩いたようで、いつの間にか、犀川大橋の次の橋、桜橋がすぐ眼前に迫っていた。このあたりまで来ると、土手の道の向こうはアパートや民家ではなく背の高い石垣で、河川敷に被さるように繋った枝と石垣の相乗効果で圧迫感がすごい。見上げた先の石垣にはジグザグの階段が設けられており、「あれがW坂だ」と時雨が言った。

「金沢出身の文豪の一人、室生犀星が好んだ散歩コースで、石垣の階段がWのように見えるところからその名が付いたそうだ」

「へー。……暗くてよく見えないけど、Wじゃなくない？　どっちかと言うとZだよ」

「顔を横に倒せばWになるだろう」

「強引な……。で、まだ何も出ないけど、どこまで行くの」

「もう少しだけ行ったら戻るか」

時雨がそう言うのと同時に、二人は桜橋の下へと入った。橋の隙間から水が漏れているので時雨は傘を差したままだ。橋と河川敷の間は三メートルほどしかなく、圧迫感がなお強い上、街灯の光は橋に遮られるし、ごうごうと流れる川の音が反響するしで、いよいよ不気味さが増してくる。汀一は思わず時雨に半歩近付いた。

「気味悪いよ時雨」

「ああ。いかにも出そうだな」

「嬉しそうに言わないでくれる？」

「だから君は、ここに何をしに来たと思って……ん？」

ふと時雨が立ち止まり、怪訝そうに眉根を寄せた。それに気付いた汀一も足を止める。

「どうしたの？」

「気のせいだろうか？　今、傘に何か乗ったような……」

と時雨が傘を見上げ、それに釣られて汀一も視線を上げた、その時だった。

赤黒い洋傘の縁から、少年の顔がニュッと突き出したのだ。

「なっ――」

「うわあああああああああああああっ！」

時雨が大きく息を呑み、驚いた汀一が悲鳴を上げて後ずさる。恐怖というより驚愕で青ざめる汀一たちが見上げた先で、傘の上から二人を覗き込んだ謎の少年は、軽やかに河川敷へと飛び降りて立ち、ぶっきらぼうな声を発した。

「おい。お前ら強いか」

「何？」

「はい……？」

要領を得ない唐突な質問に戸惑いつつ、傘を畳んで構える時雨の後ろに回りつつ、汀一は少年に――少なくとも少年の姿をした何かに――向き直った。

身長約百二十センチ、見たところの年齢は小学一、二年生ほど、性別はおそらく男。冬なのにブルーのＴシャツに紺のハーフパンツ姿で、足下は裸足、全身はしっとり湿っていた。肌は浅黒く、ぼさぼさの髪からは水が滴り、黒目がちな大きな双眸（そうぼう）は怪しく光っていて、半開きになった口からは尖った犬歯が覗いている。怪しくないところを探すのが難しいくらい露骨（ろこつ）に怪しい少年を前に、汀一はぞくりと体を震わせた。

「……時雨。この子、妖怪だよね」

「間違いない。妖気がしっかり感じられる」

「だよね？　つまりこの子が北四方木さんの言ってた……あれ？　そう言えば、変な音とか光は？　何も聞こえなかったし見えなかったよね」

「ああ。だがともかく、今はこっちに集中だ」

　時雨が畳んだ傘を刀のように持ち直したので、汀一もとりあえず持ったままだった折り畳み傘を構えてみた。時雨が少年と数メートルの距離を保ったまま問いかける。

「僕は濡神時雨で、こっちは葛城汀一。君は何者だ」

「はあ？　聞いてるのはこっちだぞ？　強いのか？」

「強いか、とはどういうことだ」

「馬鹿かお前？　そのまんまの意味に決まってるじゃねえか。あいつに勝てるくらい強いのかどうかって聞いてるんだ！」

　顔をしかめた少年が時雨に悪態を投げ返す。言葉は通じるようではあるものの、言っていることがよく分からない。汀一は時雨と顔を見交わし、軽く首を傾げた後、改めて少年へと向き直った。

「どうもよく理解できないのだが……『あいつ』とは誰だ？」

「あいつはあいつだよ。つうかめんどくせえ！　強いかどうか確かめさせろ、相撲（すもう）だ相撲！」

そう言うなり、怪しい少年は湿ったコンクリートを蹴って跳躍した。小さな体が空中で軽やかに一回転し、その勢いのまま汀一へと組み付く。わっ、と叫んだ汀一が折り畳み傘を取り落とし、しまった、と時雨が息を呑んだ。同時に少年が嬉しそうに笑う。

「行くぞ！　土俵がねえから、川に落とされた方が負けな？」

「え？　ちょ、ちょ、ちょっと待って！」

「待つか！　はっけよーいっ、のこったあっ！」

狼狽える汀一のベルトをしっかり摑み、少年が興奮した声をあげる。妖怪とは言え相手は幼い子供だ、乱暴なことはできないし……とたじろいだ汀一だったが、すぐに「嘘!?」と目を丸くした。少年の力が異様なのだ。

「つ、強い……！　こんな小さい体なのに！」

「駄目だ汀一、踏ん張れ！　押し負けるな！」

「分かってるよ！　川になんか落とされたくないし……」

「違う、そうじゃない！　川辺で勝負を挑んでくる妖怪に負けると命を取られることがあるんだ！」

「えー!?　先に言ってよ、それ！」

「す、すまない……！　だがこれで見当が付いた！　その子の正体は――」

「うるせえぞノッポ、外野は黙ってろ！　後、次はお前の番だからな！　ビビッて逃げんじゃねえぞ！」

「汀一を置いて逃げてたまるか！　しかし君、どうしてこんなことを」

「そ、そうだよ！　わけがあるなら話してくれたら……うひー、濡れてて気持ち悪い！」

「贅沢言うな！　つうか理由はさっきも言ったろ？　あいつと戦って勝てるタマかどうか知りたいんだよ！　オレより弱かったら役に立たねえし」

「だからあいつって誰！」

「名前知らねえんだよ！　あいつはあいつだ！」

必死に踏ん張る汀一を見上げ、少年が言い放った——その直後。

ガランガラン……と、神社の鈴を思わせる音が、どこからともなく響き渡った。

橋の下に反響する怪しい音に、汀一を今にも押し倒そうとしていた少年はその場で固まり、はっと大きく息を呑む。

「やべ。もう来やがった」

「き、来たって何が」

「あいつだ！」

もう相撲の勝負どころではなくなったのだろう、汀一から手を離した少年が、まっすぐ斜め上を指で差す。と、それに呼応するように、橋桁の向こう、河川敷に覆い被さる桜の枝の上から、「あいつ」は静かに舞い降りてきた。

「……何これ。箱？」

汀一が思わずつぶやいた通り、それは正しく箱であった。

白木の板を張り合わせて作った立方体としか言えない姿で、六面のうち、下を向いた一面だけは口が開いて、空洞の内側が見えていた。大きさは家庭用洗濯機か中型の冷蔵庫ほど。蛍光灯か稲光のような淡く青白い光を全体から放っており、発声器官らしきものは見当たらないのにガランガランという音を発し続けている。

橋桁近く、河川敷から二メートルほどの高さで静止したシュールな箱を見上げたまま、汀一は、光と音の正体はこれだったのかと納得し、おずおずと友人に問いかけた。

「時雨、何これ？　さっき言ってた釣瓶落としの仲間……？」

「……知らない」

「え？」

「おそらく――いや、間違いなく妖怪なんだろうが、僕もこんなものは――」

「馬鹿かお前ら！　まっすぐ見るな！」

汀一の隣に並んで箱を見上げる時雨の言葉を怪しい少年の声が遮る。いつの間にか自分たちの陰に隠れていた少年の忠告に、汀一が「え」と戸惑った直後、ふいに五体から力が抜けた。マラソンを全力で走り切った後のように、足に力が入らなくなる。へなへなとその場にへたりこみながら、汀一は傍らの時雨の手をとっさに摑んだ。

「何これ!?　どういうことと時雨？　急に体が……！」

「僕もだ……！　こ、これは一体」

「あいつの光を浴びたり、音を聞いたりしたらそうなるんだよ！　体が弱って言うこと聞かなくなるんだ！」

「そうなの？」

「嘘なんか言うか！　オレだってもう立ってるのがやっとなんだぞ！」

「そ、そうなんだ……。時雨」

「だから僕に聞くな！　こんな妖怪は見たことも聞いたこともない……！　くそ、少年の方に警戒しすぎた！　相撲を挑んでくる子供が出た時点で、少なくとももう一体別の妖怪が出ていたことは予測できたはずなのに……！」

　傘を杖のようにしてどうにか姿勢を保ちつつ、時雨が悲痛な声で歯噛みする。それが聞こえているのかいないのか、中空の箱はくるくると回転していたが、いきなり発光を止めたかと思うと、その開口部を汀一たちへ――いや、青ざめた少年へと向け、少年を目掛けて加速した。

「――げ」

「危ない！」

　少年が目を見開いたその矢先、汀一はとっさに動いていた。

　よく分からないが、どうやらあの光る箱はこの少年を狙っていて、箱を被せられると何かまずいことが起きそうだ。

　その直感に突き動かされるように、力の抜けかかった手で少年の腕を摑み、勢い任せで引き寄せて抱きかかえる。突っ込んできた怪しい箱は、濡れそぼった少年ではなく、河川敷の上に転がっていた汀一の折り畳み傘へと被さり、そしてそのまま動きを止めた。

「ふう……。だ、大丈夫だった？」

「お、おう……。ありがとな。てかなんでオレを助けた？　妖怪だぞオレ」

「言葉が通じて人間の姿をしてるんだから、助けられるなら助けるよ、そりゃ。とりあえず無事で……って、あれ？」

戸惑う少年に応じながら、汀一は目を瞬いた。抱えたはずの少年の姿が見当たらないのだ。きょろきょろとあたりを見回すと、傘を杖にして立つ時雨が「足下だ、汀一」と声を掛けた。

「足下……？　あ」

言われるがまま視線を下ろした先にいたのは、体長七十センチほどの細長い褐色の獣だった。短い鼻先からは長いヒゲが放射状に伸び、耳朶（みみたぶ）は小さく目は丸く、指の先には鋭い爪、指の間には薄い水かき。首の後ろには体に見合ったサイズの小さな菅笠（すげがさ）を掛けている。体の半分ほどの長さの平たい尻尾を伸ばし、二本の後ろ脚で器用に直立するその獣は、汀一たちに見つめられると恥ずかしげに前足で顔を隠し、聞き覚えのある声を――あのTシャツ姿の少年と同じ声を――漏らした。

「畜生。本性に戻っちまった」

「その声、それに本性って……これが正体ってこと？　つまり君はええと……イタチ？

それともオコジョ？」

「どっちも違う！　オレは」

「——カワウソだ。子供の姿に化けて川縁で相撲を挑んでくるというのは、カワウソにまつわる伝承の一つ。ここ、加賀にも伝えられている」

牙を剝いて威嚇する少年の声に時雨が割り込む。それを聞き、「カワウソ？」と汀一は眉根を寄せた。

さすがにカワウソという動物のことは知っている。水族館で見たことはあるし、「ペットとして人気があるが懐かないので個人で飼うのは難しく、そもそも輸入が禁止されている動物なので購入はお薦めしない」というような記事も読んだことがある。目の前の動物がカワウソっぽいのも確かだが……。

「でもカワウソって日本にいないんじゃないの？　絶滅したんじゃなかったっけ」

「してねえよ！　オレ生まれたの最近だし」

「日本の固有種であるニホンカワウソは確かに絶滅したが、妖怪としてのカワウソはそれとは別物だ。伝承さえ残っていれば、僕や亜香里のようにふっと顕現することもあるんだろう。それよりあの箱は何なんだ？　君はあの箱に追われていて、やつを倒せる相手を探していたと理解していいのか？」

「そうだよ。あいつは——げっ！」

時雨の問いに答えようとしたカワウソが目を見開いて絶句した。河川敷に伏せたままだった箱が再びふわりと浮き上がったのだ。ヒゲを立てて怯えたカワウソは汀一の体にするすると登り、肩の上で身構える。人に勝手に登らないでほしいと思いつつ、汀一はふと、箱の下にあったはずの自分の折り畳み傘が見当たらないことに気が付いた。

「あれ？　おれの傘、あそこに落ちてなかったっけ」

「む。言われてみれば」

「はあ？　何を呑気なこと言ってるんだ。こいつが被さったんだぞ、消えたにきまってるじゃねえか！」

並んで身構える汀一と時雨のやりとりをカワウソの声が遮った。「消えた？」と眉をひそめる時雨に、カワウソが即座に切り返す。

「そうだよ。こいつが被さると、なんでも消えちまうんだ」

「消える……？　食べてしまうということか？」

「知らねえよ！　とにかくこの世からなくなるんだ！　生きてようが死んでようが、石でも岩でも木でも鳥でも獣でも、火でも水でも何もかも消しちまう妖怪なんだよ、こいつは……！　しかもこいつ、オレの匂いを覚えたみたいで、川上からずっと追ってきやがったんだ」

「またとんでもないのに追われてたんだね……。時雨、どうする？　どうしよう」

「む、むう……。彼の——カワウソの言う通りの妖怪だとすると、正直、僕の手には負いかねる」

「はあ!?　こっちのチビはただの人間だから仕方ねえとして」

「チビって、おれ、君よりは大きいよ」

「だからなんだ！　おい、そっちの陰気なノッポ！　お前一応妖怪だろ！　隠しても匂いで分かるぞ！　何か出来ねえのかよ！　少しは役に立って死ね！」

「本っ当に口が悪いな君は……！　僕だって別に、こいつを放置していいとは思っていないが――うわっ！」

　時雨の焦った声での反論がいきなり途切れた。浮かんだ箱が再びカッと光ったのである。先ほどよりも激しい光、さらにガランガランと響く音によって、汀一たちの体から力が根こそぎ奪われる。もはや立ち続けることもできなくなってへたりこんでしまった二人と一匹の前で、箱は満足そうに旋回し、再び開口部をカワウソへ向けた。何も入っていない内側を見せられ、震えたカワウソが汀一の首にしがみつく。

「来るぞ！　逃げろチビ！　くれぐれもオレを落とさず逃げろ！」

「逃げたいけど腰が抜けたみたいで動けないんだよ……！」

「不覚……！　相手の特性が予め分かっていれば、この光も音も、傘で防ぐことができたのに……！」

「おうおう。やっとるのう」

　歯噛みする時雨の声に、不敵な女性の声が被さった。

　よく通る声質からすると、声の主は若い女性で、その口調は妙に楽しげであるが……だが、誰だ？　はっと時雨が押し黙り、汀一が戸惑う中、二人の後方から足音が近づいた。

「ようやく会えたのう、『ハコツルベ』？　わしはなあ、この日をどれだけ待ったか」

わくわくと嬉しそうな声を響かせながら、長身の人影が一つ、河川敷に尻餅をついた二人の少年の間を悠々と通って歩み出る。

年齢は二十代の半ばか後半、黒いキャップに長い黒髪、真っ赤なコートに赤いストール、手には使い込まれたトランク。

汀一にとっては確かに見覚えのある――しかし記憶とは明らかに口調が違う――その女性の威圧感のある視線に、「ハコツルベ」と呼ばれた箱型妖怪はぶるりと震え、開口部を赤いコートの女性へと向けた。まずい、とカワウソが汀一の髪を引っ張って叫ぶ。

「狙いを変えやがった！　消されるぞ！」

「痛い痛い痛い髪引っ張らないで！　てか危ないですよ！　逃げて！」

「ほほう。自分の身が危ないのに、誰とも知らん相手を気遣うか。なかなか出来た少年じゃなあ」

「ど、どういたしまして……。てか来ますよ！」

「分かっとるわい。心配――」

焦る汀一に笑い返すと、コートの女性は飛来するハコツルベに向き直り、右の拳を握り締めた。

「――ご無用じゃあっ！」

直後。高速で振り抜かれた拳がハコツルベの側面に炸裂した。

ばごん、と派手に響く衝突音が、川面のみならず橋桁をも揺るがせる。凄まじい力で殴り飛ばされたハコツルベは、五十メートル余りも吹っ飛び、犀川の対岸の河川敷に激突した。どん、と鈍い音が轟き、激しい土煙が舞い上がる。

「ふん！　どんなもんじゃい！」

腰に手を当てた女性が満足げに胸を張って笑う。対岸まではかなり距離があるのでよく見えないが、どうやらハコツルベは完全に土手にめり込み、動かなくなって……いや、動けなくなっているらしい。つまり助かったようではあるのだが、汀一は安堵するのも忘れ、完全に呆気に取られていた。おい、とカワウソが汀一の髪を引いて言う。

「何がどうなってるんだ？　この女は何なんだよ」

「いや、おれだって何がなんだか」

「おうおう混乱しておるなあ。まあ、何にせよ無事でよかった。少年には先日世話になったからのう、これで恩が返せたわい」

へたりこんだままの汀一を見下ろし、コートの女性がニッと笑う。頼もしく剛毅なその笑顔を、汀一は呆けて見返し、そして確信した。

「やっぱり、この前駅前で迷ってた人ですよね。……口調違いません？」

「わっはっは、わしはこっちが素なんじゃ。人前では猫を被っておるがのう。時雨も久しぶりじゃなあ。ちょっと見んうちに大きゅうなったのう！」

「え、ええ……。お久しぶりです」

「え？　時雨、この人知ってるの!?」

「知ってるも何も……。と言うか僕にしてみれば、汀一が知っている方が驚きなんだが。女性を道案内したと聞いてはいたが」

「それがまさかわしとは思わんかった、ちゅうことか？　わしにしてみれば、おぬしらが知り合いじゃったことがびっくりじゃ。二人はどういう関係なんじゃい？」

「友達です」

「クラスメートです」

汀一と時雨の声が同時に響き、直後、おい、と汀一は時雨を睨んでいた。

「何そのそっけない紹介！　おれは友達じゃないってこと？」

「ち、違う！　そういうわけじゃないが……友達だと堂々と紹介するのは、まだなんとなく照れるげん」

「そ、そうなんだ……。まあ、時雨らしいとは思うけど」

赤らめた顔を背けられ、汀一は素直に納得した。とりあえず友人認定してくれているならそれでいいが、照れられるとこっちも恥ずかしくなる。というわけで少年二人が赤い顔で押し黙ると、入れ替わるようにカワウソが口を開いた。汀一の肩から時雨の頭上に飛び移ったカワウソが、コートの女性を見上げて問いかける。

「あんた、あの箱のことを知ってるのか？　『ハコツルベ』とか呼んでたけどよ」

「おう、カワウソの子か。おぬしも災難じゃったなあ。いかにも、あやつはハコツルべ。古い箱が転じた妖具でな、ガランガランという音と激しい光を出しながら空から降りてきて、その音を聞いたり光を見たりしたものは動けなくなるんじゃ。さらに厄介なのは、あれには、人や動くものに被さろうとする習性があってのう。で、被せられたものは、綺麗さっぱり、この世から消えてしまう！」

「おっそろしいやつですね……」

「ハコツルべという名前からして、釣瓶落とし系の妖怪なのですか、千里塚さん？」

「ああ。まあ、泉州（せんしゅう）だけに伝わるマイナーなやつじゃからな。年若い時雨が知らんでも無理はないわい」

　時雨の問いかけに女性が苦笑交じりに応じ、それを聞いた時雨が悔しそうに黙り込む。その、いかにも旧知の仲らしいやりとりに、汀一ははっと驚き、「ちょっと待って！」と二人の会話に割り込んでいた。

「時雨、今この人を『千里塚さん』って呼んだ？」

「急になんだ？　呼んだが、それが何か」

「千里塚さんって確か、時雨や亜香里を見つけて蔵借堂に預けたっていう職人さんだよね？　それが……この人？」

「そうだが」

「そうじゃが」

「そ、そうだったんですね……。瀬戸さんや北四方木さんの古い知り合いなんだから、てっきりおじさんかお爺さんだとばかり……。こんな若くてかっこいい人とは思ってませんでした」

尻餅をついた体勢のまま、コートの女性——千里塚を見上げて素直な感想を漏らす汀一。それを聞いた千里塚は、「『かっこいい』と来たか」と嬉しそうに笑い、ぬっと右手を突き出した。汀一がそれを握り返すと、千里塚はしなやかだが強い手でへたりこんだ汀一を引いて立たせ、また笑った。

「人としての名は千里塚魎子(りょうこ)、妖怪としての名は塵塚怪王(ちりづかかいおう)。宿なし、流浪の妖具職人じゃ。まあ一つ、改めてよろしゅう頼むわい」

ハコツルベの話：（略）これらの人の話を総合すると、その化け物には目も鼻も口もないらしい。

ノッペラポーの、その大きな箱のようなものが、人間を見付けると、稲光のように光りだし、ガランガランと不気味な怪音を発しながら、天からスルスルとおりて来るのであった。

その光を見、そしてその怪音を聞いたなれば、目が眩み、そして頭が変になり、その人が身動きできなくなるらしい。（略）

それを見計らって、その大きな箱のようなお化けがその人を頭からスッポリと包み込んでしまうとのことである。

箱を被せられてしばらくすると、またその箱は今度は楽しそうな音楽を奏でつつ悠々と天へ昇って行くとのことであった。

そしてその箱の中にいたはずの人はいつの間にやら消えてしまうのであったとか。


（『泉州むかし話（第6集）』より）

第二話　城下川獺子守歌

「いやあ、久しいのう。瀬戸の大将も蒼十郎もこの店も、変わりないようで何よりじゃ。皆元気そうじゃし、亜香里は随分立派になったなあ」

からりとした女性の声が閉店後の蔵借堂の売り場に響く。

犀川は桜橋の下での一件から小一時間後、千里塚魎子と名乗った女性は、時雨らとともに蔵借堂を訪れていた。汀一は帰っても良かったのだが、魎子の素性が気になることもあり、祖父母にちょっと遅くなると連絡した上で、時雨や魎子に同行していた。

「この気配……こいつらみんな妖怪なのか？」と驚いたのは、時雨の頭に乗っていたカワウソである。腕を組んだ魎子が自慢げに笑う。

「そうじゃよ。驚いたじゃろう」

「なんでお前がドヤ顔なんだよ。つうかオレ、なんで連れてこられてるんだ？　関係なくね？」

「妖怪は助け合いじゃ。世間慣れした古株ならともかく、山中で顕現して間もない子供と聞いては放っておくわけにもいかんじゃろ」

「別に面倒見てくれなんて頼んでねえし……」

「ほう？」

「な、なんでもねえよ」

　魎子が拳を鳴らして睨むと、カワウソはぶるっと震えて視線を逸らした。ハコツルベを一発で鎮めた強さを思い出したのだろう、時雨の髪にしがみついて怯えるカワウソに、亜香里の顔が弛緩する。

「ほんと可愛いねー。いいなあ時雨、乗ってもらって」

「いくらでも代わるし、君はいつまで僕に乗っているつもりだ？　重いんだが」

「堅いこと言うな。お前は乗り心地がいいんだよ」

「乗り心地……」

「化けカワウソは夜道で傘に乗るとか、上から覗き込んでくるという話があるからな。傘の妖怪の上は馴染むのだろう」

　呆れる時雨のコメントを受けたのは、売り場の奥、カウンター近くに立っていた蒼十郎だ。さすが水の妖怪だけあってカワウソの生態にも詳しいらしい。なるほどと汀一は納得し、その上で蒼十郎に向き直った。

「そう言えば、北四方木さんの知り合いにカワウソがいるとか前に言ってませんでしたっけ？　刀を鍛えてもらったとか」

「川主（カワソ）のことか？　名前こそカワウソに似ているが、あれは河童に近い。カワウソを見るのは俺も久しぶりだ。伝承の原点たる獣が絶滅して以来、久しく見ていなかったからな」

「そうなんだ……。こんな可愛い動物を絶滅させせちゃうなんて、人間はひどいよね」

「ご、ごめん……！」

「いや汀一を責めてるわけじゃないからね？　でもほんと可愛いなあ。わたしは送り提灯の向井崎亜香里。よろしくね」

「シャーッ」

顔を近づけられたカワウソが牙を剝いて威嚇したが、亜香里はにこにこと笑みを浮かべたまま時雨の頭上の獣を見つめている。確かにカワウソも可愛いけど、むしろ亜香里の笑顔の方が可愛いし、顔を近づけられている時雨が心底羨ましい。カワウソ、こっちの頭に乗ってくれないだろうか……と汀一が思っていると、亜香里はよしよしとカワウソを撫で、魎子へと向き直った。

「魎子さんも久しぶり！　全然変わらないんだね」

「そういう亜香里はもう、すっかり乙女盛りじゃのう。前に見た時はまだこれくらいじゃったのに」

笑い返した魎子が自分の太腿ほどの高さを手で示す。さすがにそこまで小さくなかったよ、と亜香里が苦笑し、カウンター前の椅子に腰かけていた瀬戸がそれを受けた。

「姐さんが前に来たのは、亜香里ちゃんや時雨くんがまだ小学校の時だっけ？　しかし毎回急だねえ。今回は何をしに金沢へ？」

「ハコツルベのやつを追ってきたんじゃ。出たり消えたりを繰り返す妖怪じゃから、かなり振り回されたが、ようやくとっ捕まえることができたわい。大漁大漁！」

　そう言って魎子は床に置いていた愛用のトランクを軽く叩いた。

　トランクの大きさはせいぜい幅六十センチ、高さ四十センチほど。その中に、冷蔵庫ほどもあったあのハコツルべが収まっているというのは信じがたい話だが、動かなくなったハコツルべを魎子がトランクに無造作に押し込んで蓋を閉める現場は、汀一も時雨もしっかり目の当たりにしている。

「そのトランクすごいですよね……。なんでも入っちゃうんですか？」

「なんでもというのはさすがに無理じゃが、まあ、その気になれば大抵のものは出し入れ自由じゃよ」

「さすが千里塚さんだ」

「あいつ絶対に出すんじゃねえぞ！　追い回されて散々な目に遭ったんだから……。多分オレの妖気覚えてやがるし」

　感心する時雨の上でカワウソが身を縮めて警戒する。分かった分かった、と鷹揚に応じる魎子に、汀一はトランクの前に屈み込んだまま問いかけた。

「おれ、まだよく分かってないんですけど、あのハコツルべって妖具なんですよね。意識と言うか自我みたいなものはあるんですか？」

「ほう、難しいことを聞くのう。どう思う時雨？」

「ぼ、僕ですか？　ええと……それはないんじゃないでしょうか。蔵借堂にある妖具で言うと、蜃気楼……塩水を垂らすと自動的に幻覚を見せる霧を吐く貝殻のようなもので、一種の反射神経だけで動いているタイプの妖具に見えましたが……」

「うむ、いい見立てじゃ。妖具職人を志しているという話は手紙で聞いておったが、しっかり見る目を磨いておるようじゃな」

「きょ、恐縮です」

魎子に褒められた時雨が照れる。その様子に微笑ましさを覚えつつ、汀一は腰を上げて魎子を見た。魎子は時雨よりなお背が高く、常に胸を張って背筋を伸ばした姿勢なので、どうしても見上げる形になってしまう。

「千里塚さん、今もあのお化け屋敷みたいなホテルに泊まってるんですか?」

「そうじゃ。あれでなかなか気安いところじゃよ」

「うちに泊まっていけばいいのに……。と言うか魎子さん、そもそもどうしてずっと旅をしてるの?」

問いかけたのは亜香里である。その何気ない質問に魎子はきょとんと眼を瞬き、同時に、瀬戸と蒼十郎の年配コンビが顔を見交わした。

「あのね亜香里ちゃん、それは」

「良い、大将。まあ、あれじゃな。わしはそういう根無し草な生き方が性に合っておるということじゃな。一つの街にずっといるということができんのじゃ」

神妙な顔で何かを言いかけた瀬戸をすかさず制し、魎子が明るく言い切った。

どうやら魎子が放浪を続けることには何かしらの理由があるのだが、それはあまり知られたいことではないらしい。そう察した亜香里や時雨、それに汀一が顔を見合わせると、魎子は話を切り替えるように「それはそうと」と店内を見回し、古い農具が並ぶ一角へ歩み寄った。柱に掛けられた値札のない古い横槌を、威圧感のある目がじろりと眺める。

「皆元気そうだとは言ったが、おぬしは例外のようじゃなあ、槌鞍？　最近……去年あたり、無駄に力を使いおったじゃろう」

「げ」

　壁に掛かった横槌が男性の声を短く発した。

　この横槌――槌鞍は、金沢市内のとある坂で通行人を脅かしていた悪戯好きの妖怪だが、その実、広島は三次に伝わる「魔王の木槌」と呼ばれる特級の妖具でもあり、手にした者の願いを叶える力を有している。その力のおかげで、汀一たちは去年に起こった金沢駅前の大惨事をリセットすることができたわけだが、見ただけで分かるものなのか。驚いた汀一が尋ねると、魎子は腕を組んで胸を張った。

「わしはこれでも道具系の妖怪としては古株じゃからな。同族の様態は一目見れば分かる。と言うかな、駅に降りた瞬間に分かったぞ。おぬしの妖力の気配が、駅を中心に町中に残っておったからな」

「い、いや姐さん、あれには理由があって……ありましてですね」

　壁に掛かったまま怯えた声を漏らす槌鞍である。苦笑した亜香里が助け船を出した。

「あんまり言わないであげて。槌鞍さんは時雨や汀一を助けてくれただけなんだから……。

ね、汀一」

「そうそう、そうなんですよ」

「だとしてもやりすぎじゃろう。必要最低限に力を抑えれば良かったものを。あの様子じゃと、お前が力を振るった後、町中で妖怪や妖具が活性化したのではないか？」

「ご、ご名答……。いや、久しぶりだったもんで加減が利かなくてよ」

魎子に見据えられた槌鞍が小刻みに震えて冷や汗を流す。横柄で気ままで態度の大きい槌鞍がこんな態度を取るとは、やはり魎子は相当な大物のようだ。汀一は改めて感じ入り、町中で一対一で会ったことのある相手が実は蔵借堂の人たちの知り合いだったパターンって、前にもあったよな、とも思った。妖怪関係者が単に多いだけなのか、あるいは自分がそういう相手と巡り合いやすい体質なのだろうか。そんなことを心の隅で考えながら、「あの」と魎子に問いかける。

「千里塚さんってどういう妖怪なんです？　塵塚怪王って言ってましたけど」

「なんじゃ汀一。知らんのか」

「す、すみません」

「構わん構わん。ちょっと待っておれ」

そう言うと魎子はトランクを無造作に開けた。「あいつは出すなよ！」と震えて時雨の頭にしがみつくカワウソ、髪を引っ張られて呻く時雨をよそに、一本の古い巻物を取り出す。「さあご覧あれ」と魎子がカウンターの上で広げたその巻物に描かれていたのは、色とりどりの道具の妖怪たちが行進する光景だった。

鍋、釜、草履、琵琶、琴などなど、様々な道具が化けた妖怪たちは、人を襲ったり脅かしたりすることもなく、お互いにじゃれ合ったり競走したり、思い思いに遊んでいる。

「『百鬼夜行絵巻』だ」と時雨が言った。

「室町時代に成立したもので、幾つかの系統があるんだが、これは真珠庵本と言われるものの写本の一つだ。そうですよね千里塚さん」

「よう勉強しとるのう。その通りじゃ。妖怪が描かれた絵巻は、これの前にも『付喪神記』や『土蜘蛛草紙』などがあるにはあるが、そこでの妖怪はあくまでも退治されるために出てくるやられ役。徹頭徹尾、妖怪だけしか登場しない、妖怪が主役を務める絵巻はこの『百鬼夜行絵巻』が初めてで、そういう意味で画期的な作品なんじゃよ」

「楽しそうでいい絵巻だよね、これ……。有名なものだから、汀一も見たことくらいはあるんじゃない？」

「うん。全部じゃないけど、幾つか見覚えのある絵があるような……。これが一体？」

「まあそう急くな。この絵巻の後の方……ほれ、ここに、でかい鬼がおるじゃろう」

そう言って魎子が赤いネイルで指し示したのは、絵巻の一番最後から少し手前の部分だった。真っ赤な体の屈強な鬼が、紐で縛られた布張りの箱を引き裂き、中に封じられていた器物の妖怪たちを解放している。

「これがわし。あらゆる捨てられた器物の王とも言われる妖怪、塵塚怪王じゃ」

「え。これ？　この強そうなやつですか？　いやでも、全然見た目が違って……」

「それは今更驚くことでもないだろう。僕は傘の妖怪だが人の姿をしているし、瀬戸さんも蒼十郎さんも亜香里もそうだ」

「あ、そう言われてみればそうか」

　時雨の冷静な指摘に汀一は素直に納得し、その上で再度絵巻に目を向けた。

　絵巻の一番最後に描かれているのは、空から大きな火球が舞い降り、それを見た妖怪たちが逃げまどう場面だ。妖怪たちの楽しい時間が終わるラストシーンに、時雨の頭上のカワウソが舌打ちをした。

「けったくその悪い終わり方だな」

「本当に口が悪いな君は」

「せっかく可愛いのにね……。で、時雨、最後のこれって何？　朝日？」

「太陽だったら上から降りてこないだろう。これは尊勝陀羅尼（そんしょうだらに）の火だ」

「ソンショウダラニ……？」

「通称『陀羅尼の火』。仏教系の秘法によって生み出される、あらゆる妖怪を焼き尽くす火球。俺たちにとっては厄介な呪術だ。この『百鬼夜行絵巻』の他、『付喪神記』でも、妖怪を蹴散らす様が描かれている」

　汀一の問いに答えたのは声をひそめた蒼十郎だった。その重たい声でのコメントを受け、年若い亜香里や時雨は「聞いたことあるよね」「ああ」とそっけない反応を見せただけだったが、魎子と瀬戸は忌々しげに肩をすくめて頭を振った。時雨たちの世代にとってはぴんと来なくても、年長の妖怪にとっては忌まわしい話題らしいと汀一は理解した。

「『あらゆる妖怪を』って、またおっかない術ですね……」

「まあ、人は、自分と違うもの、知らないものを恐れるからのう。陀羅尼の火が求められた時代は、今より遥かに夜の闇が深かったし、人に交じって生きる妖怪も少なかった。直接的な被害はなくとも、なんだか分からんものが暗がりの中に蠢(うごめ)いておったら気味が悪いし、怖いし、いなくなってほしいと思うのは当然じゃろう」

「そりゃまあそうかもしれませんが、だとしても乱暴すぎる気が」

「そうなんじゃよなあ。全く人間はこういうところが極端なんじゃよ。愚かな人類め……って、汀一、おぬしは妖怪ではなく人じゃろう。無理してわしらに話を合わせんでもええぞ。むしろ人間的には、妖怪なんぞいなくなっても困らんのではないか？」

　腕を組んだ魎子が苦笑しながら汀一を見る。いえいえ、と汀一は首を横に振った。

「そんなことはないですよ？　まあ確かに、危険な妖怪がうろうろしてたら困りますけど、でもおれ、そうじゃない妖怪も大勢いるって知ってますし。時雨や亜香里は友達なわけで……。だから、どう対応するかはその都度考えるべきで、一律で全滅させちゃうってのはやっぱり乱暴だと思いますけど……」

「ほほう！」

「な、なんです？　おれ何か変なこと言いました？」

「逆じゃ。全くもっておぬしは正しい！　そういう不器用な人間は大好きじゃ！」

破顔した魎子は汀一の肩をバンバンと叩き、時雨と亜香里に「良い友人を持ったな！」と笑いかけた。嬉しそうに亜香里が微笑し、時雨はどこか自慢げに顔を赤らめ、そして汀一の顔もまた赤くなっていた。スタイルのいい長身の美人に「大好きじゃ！」とか言われるのは、純真な高校一年生としては嬉しいけれど恥ずかしい。というわけで汀一は「どういたしまして」などとよく分からないことを言い、一同を見回して話を切り替えた。

「あの、急に話変わりますけど……このカワウソってどうするんです？」

「うちで引き取るつもりだけど？」

「そうなんですねー、って、え？」

あまりにもさらっとした瀬戸の言葉に汀一は目を丸くしたが、亜香里や時雨は「そう言うと思ってた」「やはりか」と苦笑するだけだった。時雨たちを引き取って育てた瀬戸物の妖怪は「それが一番いいと思うんだよね」と言いながらカワウソを時雨の頭から下ろし、カウンターへと置いて向き直った。

「君、身寄りも仲間もなくて、山奥に顕現してからずっと一人だったんだよね？　いずれ山に帰るにしても、今の世界で生きるなら人間社会の風習は知っておいた方がいい。というわけで、しばらくこの家にいなさいね」

「はあ？　勝手に決めんじゃねえよ！　オレは――」

「瀬戸の大将はお前のために言っておるんじゃ。今の世で誰彼構わずいきなり相撲を挑むような非常識な妖怪は、遅かれ早かれ退治されるのが関の山じゃぞ？」

　カワウソの反論を魎子がすかさず遮り、じろりと睨む。魎子に気圧されたカワウソは毛を逆立てて縮こまり、ややあって不満げな声を微かに漏らした。

「……分かった」

「よろしい！　後は呼び名じゃな。おいカワウソ、おぬし、名前は」

「そんなもんねえよ。オレはカワウソだ」

「ならこちらで決めるしかないか。苗字は……そうだな、『川獺（かわうそ）』の字をもじって、『川瀬（かわせ）』あたりでどうだろうか」

「分かりやすくていいのう、蒼十郎。下の名前は……汀一、カワウソといえば何じゃ？」

「え、おれに聞くんです？　えーと……コツメカワウソとか」

「コツメカワウソ？　ああ、あの異国の小さいカワウソか。それで良かろう。字面は『小さい』に『爪』だとそのまますぎるかのう。どう思う、瀬戸の大将」

「『爪』に手偏（てへん）を付けて『抓』にしたらどうかな」

「それじゃ。よし、今からおぬしの名前は川瀬小抓（こつめ）じゃ」

「名前？」

「おぬしと他人を区別するものじゃ」

「……よく分かんねえけど、くれるってんならもらうぞ」

　カワウソがぶっきらぼうに言い放ち、「返さねえからな？」と付け加える。睨まれた魎子は「気に入ってくれたなら何よりじゃ」と笑い、かくしてあっという間にカワウソの名前が決まってしまった。

命名って普通もうちょっと考えるものじゃないんだろうかと汀一は訝ったが、瀬戸大将が瀬戸を名乗っている店なのだから、これがここの流儀なのだろうと納得することにした。

「川瀬小抓くんか」と亜香里が微笑む。

「可愛い名前だね。改めてよろしくね」

「うるせえ」

カワウソこと川瀬小抓が牙を剝くが、亜香里は全く物怖じせず、「弟が出来たみたい」と笑みを返した。それを聞いた汀一が相槌を打つ。

「そっか。お姉さんになるんだね亜香里」

「うん。……とは言え、うちは元々時雨が弟みたいなものだけど」

「あー分かる。弟ぽいもんね時雨」

「分かるでしょ」

「分かるな」

汀一と亜香里に同時に見られた時雨が眉根を寄せる。その間も、カウンター上のカワウソは牙を剝いて威嚇を続けていたが、誰一人怖がるものはいなかった。

＊　＊　＊

こうしてカワウソは蔵借堂に引き取られることとなり、そしてそれから数日が過ぎたある朝のこと。いつものように登校してきた汀一が教室の自席でリュックを下ろしていると、長身の人影が一つ、ぬうっと教室に入ってきた。

「おはよう汀一……」

「お、おはよう時雨」

朝だというのに陰気な顔で重たい声を発する友人に、汀一が思わず眉をひそめる。汀一が歩み寄って事情を尋ねると、窓際の自分の席に腰を下ろした時雨は「実は」と口を開きかけたが、そこに明るい声が割り込んだ。

「おっはよう━葛城くん！　あ、濡神くん、ちょっといい？」

勢い良く話しかけてきたのは美也である。その後ろには聡子の他、美也の友人たちが四人ほどいた。仲のいいメンバーで談笑しながらやってきたようだ。「おはよう」と応じた汀一におざなりな挨拶を返した後、美也は手にしていたスマホを時雨に突き出した。

「ね。このカフェって濡神くんちだよね」

「カフェ？　ああ、まあ一応……。僕はカフェの方にはほとんど関わっていないが」

机の上に液晶画面を突き出された時雨が神妙な顔で応じる。汀一が脇から覗き込むと、美也のスマホに表示されていたのは和風カフェ「つくも」の外観であった。それが何か、と言いたげに時雨が眉根を寄せる。

「この店がどうかしたのだろうか」

「今ここにカワウソいるってほんと？」

勢い込んだ美也の問いかけに、そのことか、と汀一は苦笑した。

小抓は人間の姿よりカワウソの姿でいる時間の方が長いこと、その姿でカフェに顔を出したら客に喜ばれたこと、それを見た瀬戸が小抓がカフェに出てくるのを止めなくなったことなどは、汀一も既に知っている。

あの乱暴者を人前に出して大丈夫なのかと汀一は案じていたのだが、小抓は「動物の姿の時には口を利いてはならんぞ。それと、人間を傷つけないこと」という魎子からの厳命をしっかり覚えているようで、今のところトラブルは起きていない。ＳＮＳでそのことを知ったのだろう、美也は「見てみたいってみんなで話してて」と友人グループを見回し、神妙な顔の時雨に向き直った。

「で、どうなの？　いるんだよね、カワウソ」

「……ああ、まあ……。いることはいる」

「……なんでそんな嫌なことを思い出したみたいな顔なの。可愛いのに」

「『可愛い』……？　まあ……そういう意見もあるようだが……」

語尾を濁した時雨は、げっそりした顔のまま肩をすくめ、はあ、と物憂げな溜息を落とした。まさかそんなリアクションが返ってくるとは思っていなかったようで、美也たちは困った顔を見合わせ、「お、教えてくれてありがとね」と言い残して去っていった。それを見送った後、汀一は椅子に座った時雨を見下ろした。

「時雨が疲れてる原因って、小抓……？」

「……ああ」

「やっぱりね。今どんな感じなの、あいつ」

「……一応、風呂やトイレの使い方は覚えてくれた。あと、電線を齧(かじ)ると痛い目を見るということも」

「やっとそこなんだ……。大変そうだね」

しみじみとした同情の声が静かに漏れた。

小抓は人間の姿に化けられるし、言葉も達者な妖怪なので、いわば養子を取るようなものだと汀一は思っていたのだが、どうも実態は野生動物の保護に近いらしい。労われた時雨は、少し言いすぎたと思ったのか、フォローを入れた。

「別に、全方位にわがままなわけではないんだ。実際、瀬戸さんの言うことはよく聞く。食事を作ってくれる人には敬意を抱くようだ」

「さすが動物。分かりやすいね」

「蒼十郎さんや亜香里にも懐いている。蒼十郎さんには同じ川の妖怪としてシンパシーを感じているのだろう」

「亜香里は？」

「カワウソは提灯が好きで、提灯を見かけると出てきてちょっかいを出す、という伝承があるんだ。ほら、亜香里の本性は……」

「あー、なるほどね。亜香里がひどい目に遭ってないのは良かったよ。……けど、まさかあいつ、亜香里と一緒に風呂入ったりしてないよね……？」

「何を心配してるんだ君は」

「だって気になるだろそれは！　……で、時雨の扱いはどうなの」

「完全に馬鹿にされている」

それはもう力強く即答する時雨である。汀一が「そうなんだ」としか言えないでいると、時雨はやるせなく頭を振り、机に肘を突いてうつむいた。

「汀一も知っての通り、あいつには傘に乗ってくる習性がある。おかげで首と肩が凝って仕方ない。しかも僕は、先日のハコツルベの時に、全く役に立たなかっただろう？」

「それならおれも似たようなもんだけど」

「汀一はハコツルベから小抓を助けたろう。その点僕は、少なくとも彼にとっては、何の役割を果たすわけでもなく、ただ動けなくなって怯えていただけだ。おかげで、『こいつは群れの中でも弱いやつだ』と認定されてしまったようで」

「また動物っぽいね……。で、舐められちゃったと」

「ああ。工房を手伝っている時も、家事をしている最中でも、部屋にいても、横から上からちょろちょろと……。おまけにやたら口出ししてくるし、質問は多いし、無視すると、髪を引っ張るわ、耳を引っかくわ……。もう気が散って仕方ない」

背中を曲げた時雨が顔を覆って嘆く。汀一は「大変そうだね……」と先と同じ台詞を漏らし、その上で気になっていたことを尋ねてみた。

「あいつ、これからどうするの？　人の年齢的には小学生だよね。学校通わせるわけ？」

「瀬戸さんは最初はそれを考えていたようだが、小抓はどうも僕や亜香里とは事情が違うことが分かってきた」

「と言うと」

「僕も亜香里もずっとこの姿だし、そもそも姿を変えることはできないんだが、小抓のやつは、人の姿でいられる時間に制限があるようなんだ」

「あー……。それはちょっと学校行くの難しいね」

「だろう。しかもあの性格だからな。騒ぎを起こしがちだし、おまけにすばしっこくて力は強い」

「それは知ってる」

溜息を漏らす時雨に苦笑しながら同意し、その上で汀一は「大変なんだね」と三度同じ台詞を繰り返した。

＊　＊　＊

汀一が時雨にしみじみと共感したその何日か後、薄曇の日曜日の朝。

ダウンジャケット姿の汀一がバスを降りて蔵借堂へ向かっていると、やあ、と気さくな声が後ろから投げかけられた。

「おはようございます、葛城くん」

「ああ、小春木さん。おはようございます」

汀一が足を止めて振り返った先にいたのは、戦前の文学青年のような風体の若者だった。背丈は百七十センチ余り。クラシカルな丸眼鏡を掛けた顔に柔和な微笑を湛え、長髪を額の真ん中で分けて、後ろ髪は細く縛っている。灰色の着物の上に黒のインバネスを羽織り、提げているのは布製のバッグ。

亜香里と同じ学校に通う上級生であり、校内では「図書室の主」として知られる読書家。誰に対しても敬語で話す礼儀正しい人物で、書道教室を経営する父親と書物の精の母親の間に生まれた少年、小春木祐である。相対した妖怪の本質を瞬時に読解する目と、読み取った情報を記述することで相手を手帳に封じる力を有しており、誤解から汀一や時雨と敵対したこともあったが、今では蔵借堂の面々とも親しい仲だ。

「小春木さん、今日もカフェで読書ですか？　でもまだ開いてないですよ」

「今日はその前に泉鏡花記念館に寄るつもりです。特別展の展示品が今日から変わるのですよ」

立ち止まった汀一の問いかけに、うきうきした顔で祐が応じる。この時代がかった少年が、金沢出身の文豪・泉鏡花の大ファンであることは汀一もよく知っている。なるほどと汀一が相槌を打つと、祐は懐中時計で時間を確かめ――そういうアイテムをどこで買うんだろうと汀一はいつも思っていた――顔を上げた。

「とは言え、まだ記念館が開くにも少し早いので、その前に蔵借堂に挨拶していってもいいですか？」

「どうぞどうぞ。って、おれが言うことでもないですが」

愛想のいい笑みで応じ、二人は並んで歩き出した。泉鏡花記念館の向かいにある神社に入り、境内の右奥にある石段、通称「暗がり坂」を揃って下る。蔵借堂は、この坂を下り、主計町茶屋街の細い道を少し歩いた先だ。石段を下りながら、向井崎くんから聞きましたよ、と祐が言った。

「新しい方が色々来られたそうで」

「千里塚魎子さんのことですか？」

「後、カワウソのことも。確か、川瀬小抓くんでしたか？　いい子だと向井崎くんは言っていました」

「亜香里にとってはいい子でも、時雨にとってはそうでもないみたいですよ」

汀一がやんわり苦笑する。時雨から聞かされた愚痴を語って聞かせると、祐は興味深げに耳を傾け、懐手をして唸った。

「なるほど……。同じ対象を見ていても、観察者の視点や立場によって見える光景は変わってくる、ということですか。文学的ですね」

「そ、そうなんですかね……？」

二人が蔵借堂に入ると、店内では魎子が時雨や瀬戸と歓談中だった。

今日の魎子は、赤いコートにニットにパンツではなく、黒地に百鬼夜行の絵羽模様が染め付けられた留袖を纏っていた。髪も結い上げているので、先日とまるで印象が違う。後ろ手で格子戸を閉め、汀一は黒い着物の魎子を見上げた。

「雰囲気全然違うので別の人かと思いましたよ。そういうのも着られるんですね」

「正装は苦手なんじゃがな。しかし、これはこれでかっこいいじゃろう」

「はい！　お似合いだと思います」

「汀一は素直で良いぞ。それで、そちらは」

「初めまして。小春木祐と申します」

「小春木……。ああ、瀬戸の大将から聞いておる。書物の精の血を引くという、長町の若者か。流浪の妖具職人、千里塚魎子。またの名を鏖塚怪王と発します」

「これはこれはご丁寧に」

魎子と祐が和装同士で向かい合ってお辞儀を交わす。いずれもすらりとした長身で、姿勢も良いので着物がよく似合っている。二人のスタイルの良さをひとしきり羨んだ後、汀一は瀬戸へと向き直った。

「この時間に瀬戸さんがこっちにいるの珍しいですね。カフェの仕込みはいいんですか？亜香里が一人でやってるとか？」

「亜香里ちゃんは出かけてるし、今日はカフェは臨時休業。ちょっと奥座敷で寄合を持つことになってね」

「寄合……？　つまり今から誰かここに来るってことですか」

「ああ。葛城くんは会ったことがないと思うけど、天刹さんや九万坊さんが」

「天刹に九万坊……？　天刹というのは確か、越中立山で千年の修行を積んだ白狐の名ですよね。浅野川稲荷神社に納められた『稲荷大明神』の額を書いたとか。九万坊は市内のあちこちの寺院に祀られる、軍神でもある古い天狗の名だったと記憶していますが」

祐がすらすらと解説してみせると、瀬戸は「相変わらず詳しいねえ」と感心した。いずれの名前も汀一にとっては初耳だったが、祐の言った通りの妖怪らしい。

「要するにこの街の古株妖怪ってこと？」

「まあそんなところだ」

汀一に問われた時雨があっさり答える。なるほど、と得心し、汀一は考えた。魎子は見た目に反して相当古い妖怪らしいから、久しぶりに金沢に来たので知り合い同士で会合を開く、というのは分かる。だが、それにしては、魎子や瀬戸が妙に浮かない顔をしているようにも見えるのだ。

「もしかして、今から来る相手って、あんまり会いたくない人なんですか?」

「おそろしくダイレクトに聞くやつじゃのう。オブラートに包まんか」

「す、すみません」

「まあまあ姐さん。ほら、集まって暮らしている場所には、どうしてもしがらみというのは生まれるわけだろう? 特に、僕ら妖怪は人より長生きする者も多いから……。現世に生き続ける以上、関係性というのは切れないし、騙し騙し付き合っていくしかないということはあるんだよね」

魎子に睨まれてしまった汀一に、瀬戸がやんわり諭すように語った。曖昧で漠然とした説明だったが、言わんとすることは伝わってくる。ははあ、と感じ入った声を発したのは祐である。

「そうか……。人であれば、気の合わない相手との関係は続いたところで数十年ですが、長寿の妖怪の場合はそれがずっと続くこともあるんですね」

「まあね。寿命が長いのはありがたいんだけど……」

「大将。座敷の支度は終わったぞ」

苦笑する瀬戸の言葉に、奥から出てきた蒼十郎の声が重なった。作務衣姿の蒼十郎の肩には、カワウソの姿の小抓がちょこんと乗っている。カワウソサイズの笠を首の後ろに掛けた小抓は売り場に集った一同をぐるりと見回し、着物で眼鏡の少年に目を留めた。

「あ！　知らねえ顔がいる」

「彼は小春木祐。亜香里の学校の先輩だ。挨拶しておけ」

そう言うと蒼十郎は小抓の首筋を摑み、カウンターへと置いた。肩から下ろされたのが不満なのだろう、牙を見せて唸るカワウソに、蒼十郎はいつものように落ち着いた口調で語りかける。

「今から大事な寄合だ。小抓はここで時雨たちと待っていろ」

「えー！　こいつらと？」

「そうだ。任せていいか、時雨？」

「は、はい……！　なあ汀一。ものは相談だが」

「はいはい。一人じゃ不安なので手伝えってことね、了解。と言っても、おれあんまり役に立たないと思うけど」

「あの。よろしければ、ぼくもお手伝いしましょうか？」

「小春木さんが？　そりゃ、いてくれると心強いですけど……記念館はいいんですか？」

「展示は別に逃げませんしね。ここの方たちにはいつもお世話になっているわけですし」

祐が穏やかな微笑で応じ、それを見た時雨がほっと胸を撫で下ろした。自分と汀一だけでは手に余ると思っていたようだ。「助かるなあ」とコメントしたのは瀬戸である。

「今日は蔵借堂も休みにしちゃうつもりだからさ。ここにいてもいいし、どこか遊びに出てもいいし、退屈しないようにしてあげてよ。じゃあ蒼十郎、僕らも着替えるか」

「分かった」

「なら、わしはそろそろ座敷へ行っておくか」

瀬戸に促された蒼十郎や魎子が上がりかまちの奥へと去り、売り場には十代以下の男子だけが残される。汀一と時雨がなんとなく顔を見合わせる中、小抓はカウンターから飛び降りてTシャツ姿の男子の姿に転じ、目つきの悪い顔で一同を見回してぶっきらぼうに言い放った。

「暇だ」

「ダイレクトだね……。どうする？　何かして遊ぶ？」

「何かって何だよ」

「どうして小抓はそう喧嘩腰なんだ？」

「まあまあ濡神くん。小さな子相手に大人げないですよ。要するに子守をすればいいわけでしょう？」

「それはそうですが、こいつは……」

「でしたらぼくに任せてください」

眉をひそめた時雨に祐が自信ありげなうなずきを返す。さすが年長者、頼りになる。汀一がひとまず安堵していると、祐は「支度してきますので、少し待っていてくださいね」と言い残し、格子戸から出ていった。

＊　＊　＊

「なあ！　よく分かんねえんだけど！」

我慢の限界だと言いたげに、小抓が業を煮やしていきなり叫んだ。小抓の突然の意見表明に、その隣で大判の絵本を広げていた祐は読み語りを中断し、眼鏡の奥の目を瞬いた。

祐が手にしている絵本は『化鳥』。泉鏡花の同名小説を絵本化したものである。

浅野川と思しき川に架かる橋のたもとの番小屋を舞台に、母親と二人で暮らす少年の日々を描いたこの短編は、鏡花の早逝した母親への憧憬が強く反映された作品として高く評価されており、鏡花同様に母を早くに亡くした祐にとっては特に思い入れの深い物語であった。そんな絵本の朗読を心底うんざりした声で遮られ、祐は軽く首を傾げて小抓を見た。

「小抓くん。今、何と……？」

「よく分かんねえっつったんだよ！　黙って聞けって言うから聞いてたけど、何がなんだかさっぱりで全然面白くねえし」

「お……『面白くない』？　いいですか小抓くん、ちょっとそこに座りなさい」

「ずっと座ってるんだけど」

「ならばいいです。さて、いいですか小抓くん？　そもそも本作の魅力がどこにあるかというと、まずは口語文体で描き出される現実と空想が入り混じった独特の世界観」

「だから分かんねえつってんだろうが！」

「ストップ！　小抓落ち着け！　ステイ！」

「小春木さんも、さすがにそれは小抓には難しいですよ」

牙を剝いて立ち上がろうとした小抓を汀一が後ろから組み付いて取り押さえ、講義を始めた祐を時雨がやんわりと制する。「そうでしょうか」と応じつつも、明らかに不本意そうに眉根を寄せる祐の姿に、汀一は時雨と視線を交わし、同時に溜息を落とした。

正直、祐が意気揚々と鏡花作品の絵本を持ってきた時点でこの展開は見えていた。

絵本というアイデアは悪くなかったが、泉鏡花の文章は、義務教育を既に終え、どちらかと言うと文系科目が得意な高校生である汀一にとっても結構難解なわけで、ちょっと前まで山奥で魚を取って食べていたカワウソにはどう考えてもハードルが高すぎる。分からないなりに中盤までおとなしく聞いていただけ小抓は偉い、とさえ汀一は思った。

「表現がまず難しいもんね……」

「そうだよ。分かる言葉で言えっつうんだ。つうか離せよ。いつまで抱えてるんだ」

「……暴れない？」

「暴れねえよ。分かってるのか？　お前なんかオレが本気出したら簡単にぶん投げられるんだからな！」

汀一を見上げた小抓が吠える。それは確かにその通りなので、ということは一応自制はできているのだろう。汀一がおずおず解放すると、小抓は床に飛び降り、叫んだ。

「あー、イライラするしむしゃくしゃする……！　どっか連れてけ！」

「ざっくりした命令だね……。でもまあ、遊びに行くのはいいかもね。時雨、天気はどう？　曇ってるけど雨も雪も降らない？」

「明日からまた雪が来そうだが、とりあえず日中は持ちそうだな。しかし小抓、ちゃんと人の姿を保てるか？」

「誰だと思ってるんだ。カワウソの川瀬小抓だぞ」

「だからこそ不安なんだよ。で、どこ行く」

「泉鏡花記念館はどうでしょう。鏡花の良さを小抓くんにじっくりと」

「やだ！　死んじまう！」

「すみません小春木さん、せっかくの提案ですが、小抓が死ぬらしいので……。小抓、行きたいところとかある？」

　いそいそと口を挟んできた祐を受け流しつつ、汀一が屈み込んで尋ねると、小抓は「広いところ！」と即答した。また漠然としているな、と時雨が呆れ、汀一と顔を見合わせる。

「広い場所なら、公園にでも行くか」

「だね。近くで広い公園って言ったら……玉川公園とか？」

　汀一が口にした玉川公園は、百万石（ひゃくまんごく）通りの西側に位置する市民公園である。祐の自宅がある武家屋敷跡エリアに隣接しており、汀一の暮らす祖父母の家からも近く、図書館も併設されているので、去年越してきたばかりの汀一にとってもそこそこ馴染み深い場所だ。

だがその提案を聞いた時雨と祐は、揃って意外そうな顔をした。

「いや、わざわざあそこまで行かなくてもいいだろう」

「ですよね」

「え？　でも、もっと近くに公園なんかあったっけ」

一帯の地図を思い浮かべながら汀一が問い返すと、見つめられた地元育ちの二人は揃って首を縦に振った。

＊　＊　＊

「へー。お城ってこんな近かったんだ……！」

立派な堀に架かる橋と、その向こうにそびえる城門を見た汀一が感嘆すると、時雨は、ああ、とうなずいた。その腕の中には、お堀を見るなり目の色を変えて飛び込もうとした小抓ががっしりホールドされている。

時雨と祐が小抓と汀一を連れて向かった先は、ここ、金沢城公園であった。蔵借堂からの距離はせいぜい五、六百メートルほど。「もっと遠いと思ってた」と感想を漏らす汀一に、祐が穏やかな笑みで応じる。

「金沢は城下町ですからね。つまりお城が中心で、中心ということはどこからも近いということですよ」

「なるほど……。城下町で育ってないのでその発想はなかったです」

「葛城くん、お城に来たことは」

「一応あります。時雨の知り合いのお姉さんを尾行した時に」

「尾行？　女性を……？」

　汀一の何気ない回答に祐が顔をしかめ、片手に傘を、もう片手に小抓を持ったままの時雨が「汀一」と眉根を寄せる。その話題は掘り返すなと言いたげな顔だ。汀一が無言で同意すると、時雨に取り押さえられたままの小抓が騒いだ。

「いい加減に離せよ！　泳がせてくれるんじゃねえのかよ！」

「そんなことは言ってない！　いいから付いてこい。……逃げるなよ」

「分かったよ。こんなところ来てもなあ」

　時雨に手を引かれた小抓が、つまらなそうな顔でぶつぶつと文句を言いながら橋を渡ってゆく。だが頬を膨らませていた小抓は、黒門を抜けた先に広がっていた光景を目の当たりにするなり、文字通りに目の色を変えた。

「広っ……！」

　元々大きな小抓の目が、いっそう大きく見開かれる。

　芝生の植えられた新丸広場の広さはざっと見て百メートル四方。ただなだらかな傾斜の丘があるだけで、建物の類は何もない。その向こうには「湿生園」と呼ばれる横長の池が広がり、水鳥が羽を休めていた。

観光地ではあるのだが、今にも雨が降りそうな天気だからか、人影はほとんど見当たらない。静かで開放感のある光景に見入りながら、小抓は感極まった声を発した。

「街のど真ん中にこんなところがあったんだ……。つうか時雨、ここって城じゃねえの？　城はどこにあるんだよ」

「正確に言うと城の跡地なんだ、ここは」

「昔は大学があったんだよね。祖父がよく言ってる」

「移転前の金沢大学は、『お堀の中の大学』として有名だったそうですからね。大学が移転した後は、葛城くんたちの通っている高校が一時的に置かれたこともあったのですよ」

「へー！　それは知りませんでした」

祐の蘊蓄(うんちく)に相槌を打ち、汀一はその時に通いたかったな、とちょっと思った。お堀と城門を越えて通学するのは楽しそうだ。一方小抓は、もはや我慢の限界なのだろう、体をうずうずさせながら子守役の高校生たちを見回した。

「なあなあ。走ってきていい？」

「いいよ。転ばないよう気を付けてね」

「分かってるって！　思いっきり走っていいんだよな？」

「ああ」

「やった！　池飛び込んでいい？」

「それは駄目！」

「駄目だ」

「駄目です」

三人の声が重なって響く。小抓は露骨に舌打ちすると、ふいに汀一のダウンジャケットのポケットに手を伸ばしてスマートフォンを抜き取った。

「もーらい」

「え？　小抓、何を――返せ！」

反射的に手を伸ばす汀一をかわし、カワウソの少年はスマホを摑んで走り出した。

「ただ走っても面白くねーし、鬼ごっこしようぜ！　オレを捕まえられなかったらこれ池に放り込む」

「冗談じゃない！　待て！」

「待つわけねえだろー」

スマホを頭上に掲げたまま小抓が広場を疾走していく。汀一は慌てて後を追ったが、その差が縮まる気配はまるでない。

「速い……！　見てないで手伝ってよ時雨！　小春木さんも」

「す、すまない！」

「待ってくださいい濡神くん。ここでぼくら三人全員が体力を消耗するのは得策ではありません。むしろ温存を考えるべきでは」

「な、なるほど、確かに……！　そういうわけだから、汀一、頑張れ」

「スマホが池に投げ込まれそうになったら止めますので」

　時雨と祐の無情なコメントが新丸広場に響く。汀一は「薄情者！」と絶叫し、小抓の後を必死に追った。


　汀一が無事にスマホを取り戻したのは、それから三十分ほど後のことだった。

　小抓を捕まえたわけではなく、全く距離を縮められない汀一を見かねた小抓が憐れんで返してくれたのである。汀一は汗だくのへとへとのフラフラになったが、小抓の方は、思い切り走り回ったことで気分が良くなったようで、朝から見せていなかった潑溂とした笑みを浮かべ、時雨や祐を見上げた。

「なあなあ、この奥ってどうなってるんだ？　また広場？」

「広場もありますし、他にも色々……。見ていきますか？」

「いく！」

　というわけで一同は金沢城公園内を祐と時雨の案内でぶらつくことになった。

　あちこちに残る石垣を見る度に小抓が登ろうとして止められたり、空堀に飛び込もうとした小抓を汀一が慌てて引き留めたり、丑寅櫓跡から見える卯辰山に、去年の末に祐に取り憑いた妖怪「白頭」のことを思い出したりしながら四人は城跡をぐるりと見て回り、やがて公園の中央部にある二の丸広場に差し掛かった。

このあたりまで来ると、フラフラだった汀一もようやく普通の会話が可能になっていた。自販機で買ったペットボトルを手にした汀一の袖を、小抓がぐいぐいと引いて問う。

「なんか石垣と広場ばっかりだな。あっちは何があるんだ？」

「だからおれは詳しくないんだって。あっちってことは、方角的には美術館とか迎賓館だよね、多分」

「もう城から出ちまうのか？」

「どうなんだろう。どうなの時雨」

「え？　ああ、そう言えば汀一は行ったことがなかったか。……せ、せっかくだから、行ってみるか？」

そう応じる時雨の顔は妙にそわそわしている。「ちょっと恥ずかしいけど見てほしいし自慢したい」という顔だが、一体何があると言うのだ。眉をひそめた汀一が問うと、時雨は閉じたままの傘を持ち直し、「見れば分かる」と歩き出した。


二の丸広場を出た先は、垂直に近い切り立った斜面だった。斜面には入り組んだ階段が設けられ、その下に立派な池を擁した庭園が広がっていた。玉泉院丸庭園である。

ひらがなの「の」の字を押しつぶしたような形の池には幾つかの浮島が浮かんでおり、池には丸みを帯びた橋が架かり、庭のそこかしこに植わった松の木の枝は、雪の重みに負けないように縄で吊られている。まるで浮世絵のような光景に、汀一は階段を下りながら

「へえ」と見入り、小抓はぎらりと目を光らせた。

「すげえ！　いい池だ！」

「待った！」

色めき立って駆け出そうとした小抓の手をすかさず時雨が摑む。引き留められてしまった小抓は、くそ、と吐き捨て、いじましい顔で時雨たちを見上げた。

「堀とか川とか池とか見せるだけ見せて、全部入るの禁止ってそりゃないだろ……。カワウソにしてみりゃ生殺しもいいとこだぞ」

「生殺しとは穏やかではないですね」

「ほんとにそうなんだから仕方ねえだろ。お前らはカワウソ殺しだ！　子殺しだ！」

尖った犬歯を剝き出しにした小抓が唸り、その大声に、池のほとりを散歩していた老夫婦が怯えた顔を時雨たちの集団に向けた。「何でもないです！」と汀一は叫び、とっさに小抓の口をふさいだ。

「やめろよ人聞きの悪い……！　通報されちゃうだろ！」

「だってよ……。うう……」

小抓が不満げな唸りを漏らして目を逸らす。大きな瞳の目尻には涙がうっすら浮かんでおり、それを見た汀一の心がちくりと痛んだ。汀一は「ごめんな」と小抓に謝り、立ち上がって時雨に向き直った。

「で、時雨が見せたかったのってこの庭なわけ？　確かに綺麗なところだけど」

「そうではあるがそうでもない。こっちだ」

謎々のようなことを言いながら時雨が向かった先は、庭園の南の高台であった。池を見下ろせるその場所には、傘を広げたような形の木製の屋根が設けられ、傍らの立て看板には「唐傘」という名と簡単な説明が記されている。元々この地にあった傘型の休憩施設を復元したものらしい。

「……はー、なるほどね。これを見せたかったと」

「しかしなぜこれを……？　ああ、もしかして唐傘だからですか？」

「はい。知っての通り僕は唐傘の妖怪なので……。無論、この傘と僕には何の関係もないですが、自分の暮らす街を代表する場所に『唐傘』があるというのは、誇らしいと言うか、嬉しいと言うか……。これは傘の妖怪の本能のようなものですね」

心持ち胸を張りつつ誇らしげに、かつ頬を染めて恥ずかしそうに語る時雨である。正直その気持ちは汀一には全くピンと来なかったが、普段は真面目でシャイな友人がこういう顔をするのは珍しいし、時雨が嬉しいなら自分も嬉しい。汀一は時雨に笑みを返した上で、妖怪にはそういう感情があるんだな、と「唐傘」を見上げ、そして、そこで気が付いた。

「……そっか。そういうことなのかも」

「どうした？」

「うん。あのさ時雨、小抓を泳がせてやることってできないかな」

「は？　なんで急にオレの話を」

「そうだぞ汀一。話の流れがさっぱりだ」

「あ、ごめん。だから、えーと……時雨はさ、傘が目立ってたり大事にされたりしてると嬉しいんだよね」

「そうだが」

「だよね？　それを聞いて思ったんだ。時雨がそうなのは傘の妖怪だからだろ？　だったら小抓は、と言うかカワウソは……ええと、どう言えばいいのかな」

「すみません。葛城くんが言いたいのは、もしかしてこういうことでしょうか？　濡神くんが傘に共感を覚えるのは、傘の妖怪であるからで、そこからは、妖怪としての在り方、言い換えればその伝承や設定は、本人の感情や嗜好と強く結びついていることが分かる。であれば、本来は水場の妖怪であるカワウソの小抓くんが川や池で泳ぎたがるのは、単なるわがままではなく、御しきれない本能的な欲求とも取れるわけで、そうならば制限し続けるのは可哀想だ——と」

言い淀んだ汀一の後を受け、腕を組んだ祐がすらすらと言葉を並べてみせる。「そうです！」と汀一が大きくうなずく。

「さすが小春木さん、説明するの上手いですね」

「どういたしまして。葛城くんは分かりやすい方ですし、それに、その意見にはぼくも与するところです。ストレスを受け続けるのは彼にとって好ましくないでしょう」

「そうそれストレス！　頼むよー、ちょっとでいいからさ……。広いところで泳がせてくれよ……」

両手を合わせた小抓が一同を順番に拝む。時雨は渋面で黙っていたが、小抓に「今なら人も少ないし」と言い足されると、寄せていた眉根をふっと緩め、少し間を置いて小抓を見返した。

「……池も庭も荒らさないと約束できるか？」

「できる！」

小抓の目がカッと輝く。同時に汀一はひどく驚いた。いや、泳がせてやれとは確かに言ったが。

「まさか今ここで、この池で泳がせる気……？　いや、それはさすがにちょっと……。二月のお城の庭園で子供が泳いでたら絶対通報されるよ？」

「動物の姿に戻れば問題はないだろう」

「ですね。この公園には元々狸なども生息していますし」

「え。小春木さんも賛成なんですか？　いやでも、カワウソっているはずのない動物ですし……。時雨の力で気配を消すにしても、こんな広い範囲は無理じゃないの」

「さすが汀一、僕の力に詳しいな」

「まあ何度も見てきたからね」

「だが安心しろ。人を払い、関心を向けられなくするための妖力の傘は、媒介にする傘のサイズに左右される。いつもはこの雨傘を使っているから、相応の大きさのものしか張れないが、幸いここにはこれがある」

そう言って時雨は言葉を途切れさせると、木製の屋根、通称「唐傘」に目を向け、掌を当てた。ああ、と汀一が納得する。そうか。だから今ここでって言ったのか。

「ここには、『唐傘』があるから……」

「そうだ。これは元々ここにあるものだし、サイズも大きいからな。そう力を掛けなくとも、庭園一帯に妖力の傘を張ることができる。――いいな、小抓。くれぐれも」

「荒らしたり壊したりするなってんだろ？　大丈夫！　ありがとな！」

そう言うなり小抓はその姿を小さく細い獣へと変え、転がるように斜面を駆け下りて広い池へと飛び込んだ。心底嬉しそうなその様子に、一同は顔を見合わせてほっこりと苦笑した。水を切ってのびのびと泳ぐカワウソに、唐傘に手を当てたままの時雨が声を掛ける。

「そう長くは持たないぞ」

「分かってるって、時雨！　ほんとにありがとな！　あとさ、魚とか亀がいるんだけど食っていい？」

「それは駄目！」

＊　＊　＊

傾きかけた日が照らす金沢城公園を、汀一たちは連れ立って歩いていた。汀一の腕の中では、しっとりと濡れたカワウソが気持ち良さそうに熟睡している。

「防水のジャケット着てて良かったよ。しかしほんとによく寝るね、こいつ……。野生動物ってこんな爆睡するものなの？」

「人の姿に戻る力も残らない程、全力で泳いだと言っていましたからね。実際、溜まっていたものを全て吐き出すような、激しく力強い泳ぎでした」

「引き取られてからずっとストレスを溜めていたんでしょうね……。このことは瀬戸さんたちにも話そうと思います」

「そうしてあげてください」

「うん。またちょくちょくこうして泳がせてあげてくれると嬉しいな」

「なぜ汀一が嬉しいんだ。まあ、君らしいコメントではあるし、僕も同感だ。あの庭園に毎回来るのはどうかとも思うが、時折浅野川で泳がせることくらいはできるだろう。夜や早朝なら、そう人目に付くこともないだろうし……」

傘を提げた時雨が汀一の腕の中のカワウソに横目を向ける。そうだね、と汀一はうなずき、改めて小抓に目をやった。

「瀬戸さんや千里塚さんから、長生きならではのしがらみの話を聞いた時にも思ったけど……妖怪は妖怪で色々大変なんだね」

「小抓の場合、人の姿でいること自体がストレスの一因でもあるようだからな」

「だとすると、社会生活自体が難しいのではありませんか？　彼はこれからどうする……

どうなるのです」

心配そうに祐が尋ねたが、その答を知りたいのは汀一や時雨の方だった。重たげな沈黙が数秒続き、時雨がぼそりと声を発する。

「……千里塚さんや瀬戸さん、蒼十郎さんが、いい答を出してくれると思います。――思いたいです」

抑えた声が黒門前の坂に響く。わざわざ「思いたい」と言い直すあたり、根拠のない希望的観測なのは分かったが、それでも汀一は「そうだよね」とうなずくしかなかった。

＊　＊　＊

用事があるので自宅に帰った祐と別れ、時雨と汀一が蔵借堂に戻ると、隣の和風カフェ「つくも」の電灯が点いていた。

「臨時休業」の看板が掛かってはいたが鍵は開いており、静かなフロアでは、ニットとパンツに着替えた魎子と、カーディガン姿の亜香里がコーヒーテーブルを挟んで談笑中だった。汀一たちから今日の顚末を聞いた亜香里は男子たちを労い、魎子は汀一から小抓をそっと受け取った。

「小さな獣とは言え、ずっと抱いているのは重かろう。わしが代わろう」

「ありがとうございます。寄合の方は無事に終わったんですか？」

「何とかな。色々嫌味も言われたが……」

まっすぐ通った眉を八の字に曲げ、魎子が軽く肩をすくめる。魎子には何か、同族に嫌味を言われるような理由があるのだろうか？　汀一はふと疑問を覚えたが、それを口にするより先に、魎子が時雨に声を掛けていた。

「それとな時雨。実はおぬしを待っとったんじゃ。今、いいか？」

「僕ですか？　はい。全然構いませんが、何か」

きょとんとした顔で時雨が応じる。魎子は「ちょっとな」とだけ応じ、小抓を抱えたまま、時雨を連れてバックヤードへ引っ込んでしまった。

わざわざ場所を変えるということは、汀一や亜香里の前では話せないことなのか。静かなフロアに取り残された二人はどちらからともなく顔を見合わせ、同時に軽く首を傾げた。

「千里塚さん、時雨に何の用があるんだろう。妖具職人の話かな」

「そのへんかなと思うけど、聞かれたくない相談事なんだとしたら首を突っ込むのも良くないし、こっちに言った方がいいと思ったら言ってくるでしょ。それにしても汀一、今日はほんとにお疲れ様」

あっさりと話題を切り替えた亜香里が、立ったままの汀一へ椅子ごと向き直って笑いかける。意中の女子から明るい笑顔をまっすぐ向けられ、汀一の心臓がどきんと跳ねた。

「ど、どういたしまして……。それほどでもなかったし」

「嘘を吐きなさい。全力疾走させられて死にかけたって言ってたじゃない。今だって、まっすぐ帰っても良かったのに、小抓を送ってきてくれてるし……。なんでわざわざうちまで来たの？　時雨に小抓渡せばよかったのに」

「時雨にも言われたけど、小抓がおれの腕で寝ちゃったもんでさ。渡す時に起こしたら可哀想でしょ？　そんな遠いわけでもないし……」

「ほんと、いいやつだよね汀一は」

亜香里の独白にも似た一言が汀一の説明に重なった。

いきなり褒められた汀一が「え」と押し黙ると、亜香里は慌てて視線を逸らし、気まずく甘酸っぱい空気があたりを包む。感じたことのない雰囲気に、汀一は慄き、戸惑った。

何だこれは。自分が亜香里の前で緊張することはよくあるが、気のせいか、今は亜香里も妙にそわそわしているように見えるわけで……。

などと内心でぶつぶつつぶやいていると、ふいに亜香里が苛立った声を発した。

「あーもう！」

「ご、ごめん！　おれが悪かったです！　……って何が？」

「え？　いや、汀一に怒ったわけじゃなくて、今のは自分にだから。悪くもないのに謝らないでいいよ？」

「ごめん」

「だから！」

「はいすみません！　てか、何の話……？」

「……え？　あ、うん。わたしさ、こういうの初めてだから、切り出し方が分からなくて……毎年、時雨や蒼十郎さんには渡してたけど、あの人たちは家族みたいなものだし、魎子さんに相談したんだけど、あの人のアドバイス全然役に立たないし」

よく分からないことを言いながら亜香里は席を立ち、薄赤い顔のままカウンターの裏へと回った。汀一はそれを目で追うしかない。と、亜香里は、丁寧に包装されてリボンが掛けられた紙箱を持って現れ、はい、と汀一にその箱を差し出した。見知った包装に汀一の目が丸くなる。

「これって確か、香林坊のデパートに期間限定で出店してるあの洋菓子店のチョコレート……？　気になってたやつだ！　くれるの？　ありがとう！」

「さすがスイーツ大好き男子、詳しいね……。って、そうなんだけどそうじゃなくて」

「はい？」

「だからさ。バレンタイン」

なんで分からないかなあと言いたげに眉をひそめて亜香里が言う。その端的な一言に、はっ、と汀一の呼吸が止まった。

「え、あ、おう、なっ」

「……大丈夫？」

「大丈夫！　いやでも、まだ早くない？　十四日じゃないよ、今日」

「だって十四日に会えるかどうか分からないし」

「確かに……。そうだ、それよりありがとう！　すごく嬉しいよ、今日一日の疲れが全部吹き飛んだ！」

チョコレートの箱をしっかり摑んだ汀一が、照れる亜香里を笑顔で見返す。「時雨や蒼十郎さんには渡してたけど」ということは、みんなに配っているものなのだろうけど、だとしてもあげる対象に自分が入った――入れてくれたという事実が何よりも嬉しくてありがたい。汀一がまっすぐな歓喜と感謝を真正面からぶつけると、亜香里は顔をいっそう赤くしたが、すぐに見慣れた柔らかい笑みを浮かべた。

「どういたしまして。喜んでくれるとわたしも嬉しいな」

「こちらこそ！　帰ったら額に入れて飾って毎日拝むよ」

「ちゃんと食べてね？」

・かぶそ（かわうそ）は、人をからかう。年寄りが通ると子供に化ける。

・子供や女に化けて通行人をたぶらかす。また人の背中へ飛び乗ったりするのが、モズナ（むじな）やカブソ（かわうそ）である。

・市川幸蔵という役者が風雨の強い夜更けに下水の側を通ると急に傘が重くなり提灯の火は風で消えてしまった。掛け声と共に宙返りをすると、その声に気づいた人が提灯を持って出て来た。見ると4、5間程向こうにかわうそが1匹地面に叩き付けられ死んでいた。

・酒に酔った者が水の少ない川などに伏せた状態で死んでいることがある。これはカワウソと相撲を取って押し倒されたからだとされている。

・ある男が家路を急ぐ途中、カワウソがちょうちんを下から頭で突き上げて閉口させられた。

（いずれも、国際日本文化研究センター　怪異・妖怪伝承データベースより）

第三話　帰ってきた雛人形

　みぞれ交じりの雨がしとしとと降り続ける、二月最後の日曜の午後。例によって客のいない蔵借堂のカウンターで、汀一がぼんやりスマホを眺めていると、入り口の格子戸が開く音がガラガラと響いた。

「いらっしゃいま」

「わたし、わたし」

　汀一の挨拶を苦笑で遮りながら入ってきたのは、エプロン姿の亜香里だった。カフェの方が一段落したので休憩に来たのだろう。汀一は上げかけた腰を椅子へと戻した。

「いらっしゃい。カフェの方はどう？　お客さん来てる？」

「全然。この天気だもん」

「だよね……。小抓は？」

「やることないからってカフェの籠で寝てる」

　気さくな言葉を返しつつ、亜香里がカウンターへ歩み寄る。先日の金沢城行き以来、小抓は特に問題を起こしておらず、最近では蔵借堂の売り物だった籐製の籠を気に入ってお り、よくその中で寝ているのだ。あいつは学校も仕事もなくていいなあ、と汀一がしみじみ漏らすと、亜香里は笑顔で同意を示し、ぐるりと静かな売り場を見回した。

「時雨は？　奥の工房の手伝い？」

「自分の部屋。今日も北四方木さん出かけてるからさ。手伝うこともないみたいだし」

誰も座っていない上がりかまちを見やって汀一が応じる。

魎子から何か手の掛かる仕事を頼まれたとかで、ここのところ蒼十郎は蔵借堂を空けがちだ。それを聞いた亜香里は、ふーん、とだけ相槌を打つと、汀一に顔を近づけて心持ち抑えた声を発した。

「ね、汀一。最近の時雨のこと、どう思う？」

「……亜香里もやっぱり気になってる？」

短い沈黙を挟んだ後、汀一はおずおず亜香里を見返した。亜香里はうなずき、売り場に置かれた丸椅子を引き寄せて座った。

「そりゃあね。同じところに住んでるんだし……。やっぱり汀一も気付いてたんだ」

「うん」

眉をひそめた亜香里を前に、汀一は小さく首を縦に振り「具体的にどこがおかしいってわけでもないんだけど」と言い足した。

時雨の様子が変わったのは、半月ほど前、小抓を連れて金沢城公園に行った後、魎子に呼ばれてからのことである。

とは言うものの、正確にその時期からと断言できるわけではないし、そもそもこれといって急激な変化が起きたわけでもない。

なんとなく口数が少なくなったし、神妙な顔を見せることが増えたような気がする。自分から雑談に加わってこなくなり、話を振ってもリアクションが薄くなった。今日のように工房や自室などに一人で籠もることも増えた。いずれも、ここ半月の時雨の動向であるわけだが……。

「でもさー、時雨って元々そういうやつだろって気もするんだよね。話しかけたら聞いてはくれるけど、自分から絡んでくるタイプじゃないし。亜香里もそう思わない？」

「思うよ。思うけど……」

語尾を濁した亜香里がすっきりしない顔で首を傾げる。幼い頃から時雨と家族同然に……と言うか、ほとんど家族として過ごしてきた亜香里がそんな顔をするのは、汀一にとっては意外だった。

友人とは言え、時雨と一年も付き合っていない自分としては、そういう風になる時期もたまにあるのかな、くらいに思っていたのだが、どうやらそうでもないようだ。「何かあったの？」と汀一が尋ねると、亜香里は首を縦にも横にも振らないまま口を開いた。

「……昨日の夕方、時雨、買い物からなかなか帰ってこなくてね。遅くなった理由を聞いたら、鼓門(つづみもん)に行ってた、って」

「鼓門……」

亜香里が口にした施設の名前を汀一は静かに繰り返し、眉根を寄せた。

金沢駅前の兼六園口(けんろくえんぐち)にそびえるあの巨大な木組みの楼門は、一般的には観光スポットだが、時雨にとっては、一人になりたい時や考え事をしたい時に出向く場所だ。去年の夏以来ほとんど行かなくなったと時雨が言っていたことを、汀一はよく覚えている。

「またあそこに行ったってことは、何か悩み事を抱えてるってことだよね……？」

「やっぱり汀一もそう思うよね？　でも、聞いても教えてくれなくて」

「そうなんだ……」

腕を組んだ亜香里のコメントに汀一が不安げな声を返す。

時雨はあれで合理的な判断ができる人間――妖怪――だと汀一は思っている。そんな時雨が何も言わないということは、汀一たちに知られない方がいいとか、わざわざ言う程のことでもないとか、何かしらの理由があるのだろうが、それはそれとして気掛かりだ。

というわけで二人で神妙な顔を突き合わせていると、店の前で車のブレーキ音が響き、程なくして格子戸がガラガラと引き開けられた。

「失礼いたします。こちら、古道具屋さんですよね」

「買取をお願いしたいんですが」

そう言いながら店を覗き込んできたのは、恰幅のいい中年男性と高校生くらいのクールそうな少女の二人連れだった。どちらも身なりが良く上品で、目鼻立ちはどことなく似ている。おそらく親子なのだろう。

少女は白のブラウスにセーターにブレザーという出で立ちで、黒い髪はストレートのロング。少し吊り目気味なのでキリッとして見える。父親らしき男性の方は、上質そうなジャケットの上にトレンチコートを羽織り、緑のマフラーを巻いてソフト帽を被っている。

「なんの買取でしょう？」と汀一が立ち上がって近づくと、男性は娘とともに入店し、帽子を取って会釈（えしゃく）した。

「色々です。家のリフォームをするので、古い道具を処分しようと思ったんですが、案外しっかりしたものが多かったので、これは捨ててしまうのも勿体ないかなと。買取はしていただけるんですよね」

「ええ。ただ今日は査定のできるものが出てしまっていまして……。一旦預かって査定させていただくことはできますけれど」

　半年以上のバイトで身に付けた営業スマイルを浮かべながら汀一は男性に応対したが、ふと、男性の隣の少女の妙な挙動が気になった。おずおずと言うかちらちらと言うか、店の奥を――いや、カウンターの手前に立っている亜香里を見ているようなのだ。亜香里もその視線に気付いたのだろう、眉をひそめて少女を見返し、ややあって「あ！」と声をあげた。

「もしかして……路佳（みちか）ちゃん？　富澤（とみざわ）路佳ちゃんじゃない？」

「う、うん……！　やっぱり、亜香里ちゃんだよね」

　少女の険しめだった表情がほっと弛緩し、懐かしそうな声が漏れる。亜香里は「そうだよー」と笑みを浮かべ、「路佳」と呼んだ少女へ歩み寄った。

「すごく久しぶりだねー。元気？」

「うん。亜香里ちゃんも元気そうで良かった……」

　気さくに声を掛ける亜香里に、路佳がはにかんで控えめな笑みを返す。再会に盛り上がっているらしい少女二人のやりとりを前に、汀一は亜香里に問いかけた。

「知り合いなの？」

「うん！　紹介するね、こちら富澤路佳ちゃん。小学校の時、仲が良かった友達なんだ」

「へえ……。あ、初めまして。ここでバイトしてます葛城汀一です。亜香里……じゃない、ええと、向井崎さんにはいつも色々教えていただいてます」

「こちらこそ初めまして。富澤路佳と申します」

「その父です」

「ど、どうも」

　路佳の上品な自己紹介を受けて父親が愛想よく笑う。汀一は再度頭を下げ、その上で二人を改めて見た。

「『久しぶり』ということは、金沢から引っ越されていたとか……？」

「いえ、そうじゃないんです。うちはずっと金沢なんですが」

「路佳ちゃんは中学受験したの。で、わたしは公立だったから、それきりなんとなく疎遠になっちゃって」

「あー、なるほどね」

　亜香里の短い説明を汀一はすぐ理解した。これが中高生なら、卒業後もＳＮＳなどを介して繋がり続けることもできようが、小学生ならそれも難しかったりする。進学先が違うとなれば、それぞれ進んだ先で新しい知人が出来て、新しいコミュニティに属することになる。たとえ住所が近いままで、仲が悪くなったとかではなくても、付き合いが薄れることはあるだろう。汀一が納得するのと同時に、路佳の父親が「やはりそうでしたか」と声を発した。

「実は、市内の古道具屋やリサイクルショップを探していたら、路佳がその中の一つを見て、『ここって亜香里ちゃんの家かもしれない』と言い出しましてね。この子が小学生の頃、仲良くしていた友達の家が古道具屋だったというような話は、私もぼんやり覚えている。これも何かの縁と思って寄せてもらったわけです」

「なるほど……！　いやー、良かったね亜香里！　再会おめでとう！」

「大袈裟（おおげさ）だよ汀一。でも、ありがと」

恥ずかしそうに言い返した亜香里がすぐに路佳に向き直り、また笑う。横顔に浮かぶ自然な微笑に、汀一はしみじみと見入り、程なくして我に返った。

今の自分は買取を頼まれた古道具屋の店員なのだから、いつまでも女子同士の再会をニヤニヤ眺めているわけにはいかないし、かと言って自分には査定できる眼力もない。というわけで奥にいる時雨を呼んだところ、時雨はすぐに現れた。

「一応僕も簡単な査定はできますが、責任者が不在ですので……。一通り引き取っておいて、査定額は後でお伝えする形でもよろしいでしょうか？　買い取れないものがあった場合、こちらで処分させていただくことはできますし、また、その額では売りたくない、引き取りたいということであれば、お返しに伺いますので」

時雨はそう流暢に説明し、路佳の父はそれを快諾したので、古道具の荷下ろしが始まった。車に積まれていた酒器や花器は、いずれも骨董品と呼んでも差し支えないような古さの美品ばかりで、時雨は眩しそうに目を細めた。

「どれも丁寧に手入れされていますね。大事に使われていたことがよく分かります」

「そう言ってもらえると嬉しいですよ。僕はずっと仕舞いこんでいただけだけど、両親や祖父母は喜ぶと思います。……その、言い訳するようでなんですが、貴重なものだとは思うんです。だけど、古いものはどうしても使い勝手がね……。かさばるし、置き場にも限りがあるので……。こういうのって買い手はつくんですか？」

「ものによりますが、今日お持ちいただいたものは状態もいいですからね。付き合いのある料亭や旅館が引き取ってくれると思いますよ」

路佳の父に応対する時雨の口ぶりや表情はいたって落ち着いていた。少なくとも汀一にはそう見えた。

おれや亜香里の心配は杞憂だったのかな。だったらそれでいいんだけど……。

汀一は内心でそうつぶやき、下ろしてきた木箱の中身を確かめるべく蓋を開けた。古びた箱の中に入っていたのは、防虫用の油紙に包まれた二十センチ強のサイズの物体が二つ。カウンターの上に移して油紙をそっと開くと、男女一揃いの和装の人形が現れた。

「これ、雛人形だよね」

「そのようだな」

汀一の問いかけに時雨がうなずく。その言葉通り、開かれた油紙の上に鎮座しているのは色褪せた一対の雛人形だった。座った状態で二十センチ近い大きさなので、結構な存在感がある。

女雛、いわゆるお雛様は、豪奢な着物を何枚も着せられていたが、かつては鮮やかだったであろう着物はどれも退色し、全体がくすんだ色味になってしまっている。人形自体も相当の年代物なのだろう、平安美人風の顔には薄くひびが入り、胸の前で組んだ手に持つ木製の扇も端が欠け、長い黒髪はカサカサに乾いている。一方の男雛、あるいはお内裏様(だいりさま)は、青地の着物を着せられ、冠を被って笏を持っていた。こちらも古かったが、保存状態が良かったのか、女雛よりは新しく見える。

人形に限った話ではないが、人を象(かたど)り、人に見える顔を備えた物品というものは、実用的な道具に比べるとどうしても人の目を引き付ける。つい作業の手を止めてしまった汀一がしげしげと雛人形を見つめていると、それに気付いた亜香里がカウンターを見やり、はっ、と目を丸くした。

「これって……。路佳ちゃん、このお雛様、昔飾ってた……?」

「うん。亜香里ちゃん、覚えてたんだ」

「へー。ずっと仕舞われてたのかと思ったけど、割と最近まで現役だったんですね」

懐かしそうな路佳の声に、汀一は敬語で――相手は同い年だが客なので――相槌を打ち、改めて二つの雛人形を見比べた。

「どっちも年代物だけど、お雛様の方が古く見えますよね、これ」

「実際に古いらしいんです。女雛の方が先にあって、男雛をそれに合わせて後で作ったそうだと聞いています」

「それはね、いわくつきの雛人形なんですよ」

口を挟んできたのは路佳の父だ。聞き捨てならない言葉に、汀一だけでなく亜香里や時雨までもが向き直ると、路佳の父は困ったような顔になり、頬を掻いて口を開いた。

「古い迷信だとは思うんだけれど……でもまあ、隠しておくのも卑怯な気がしますし、話しておきますか。それはそもそも、私の祖母の持ち物なんです。祖母は富山の旧家の娘で、結構裕福な家だったそうですが、空襲……いわゆる富山大空襲で家を焼け出されてしまいましてね。戦後、身寄りを頼って、数少ない家財を持って金沢へ嫁ぎ、そこで私の父を生んだわけです。その雛人形は、祖母が実家から持ってきたものだとか」

「なるほど……。しかし、そんな大事なものを買い取ってしまっていいんですか？」

「亡くなった祖母には申し訳ないとは思うんですよ。でも我が家ではもう雛人形は飾らなくなって久しいですし、保管も難しいですし……。それに、実を言うと、手放したい気持ちもありましてね」

「それが『いわく』と関係してくるわけですか……？」

「ええ。祖母が言うには、この雛人形は、願いを叶えてくれるらしいんですな」

「へえ……って、それ、全然悪いものではないのでは？」

「ですけど、大おばあちゃん……曽祖母は、こうも言っていたんです。『あのお雛様に願いを掛けると聞き届けてくれれんけど、その後に恐ろしいことが起きれんちゃ。だから絶対に願いを掛けたらあかんがよ』って、何度も」

汀一が漏らした素直なコメントに、路佳は曽祖母の声色を交えて応じた後、「覚えてる？」と亜香里を見た。昔その話を聞いたことがあるのだろう、亜香里は強張った顔で無言で首肯し、路佳の父が抑えた声で続ける。

「祖母の家は裕福だったと言ったでしょう。その先祖はね、この雛人形のおかげで財を成したものの、心を病んで死んでしまったそうですよ」

「え。それは確かに怖いですね……！」

汀一は思わず一歩後ずさり、そして内心でこうつぶやいた。

今の話が本当なら、これはもしかして妖具なのではないだろうか……？

同じことを思ったのだろう、「それは本当ですか？」と真面目に尋ねる時雨に、路佳の父は苦笑を返した。

「どうでしょう。言っていたのは祖母だけですからね……。自分の子や孫が古い名品を壊さないよう脅すための作り話だったと思いますが、祖母はもう亡くなっていますから、真相を確かめようもない。あの人に身寄りはなかったし、調べるにしても記録は空襲で焼けたでしょうから……。路佳が小学校の低学年の頃までは飾っていましたが、もう雛人形という年でもないでしょう。古い道具を処分するならこの際一緒に、と思ってね」

そう言って路佳の父は古びた雛人形に視線を落とし、別れを告げるように頭を下げた。

感慨の籠もった語り口とその仕草に、一同は誰からともなくお互いに顔を見合わせた。

小さい頃に聞いた怖い話を思い出してしまったためか、亜香里の表情は依然強張ったままで、汀一はそれが少し気に掛かった。

＊　＊　＊

荷下ろしを終えた後、路佳は亜香里と連絡先を交換し、父親とともに蔵借堂を後にした。それから程なくして時雨から連絡を受けた蒼十郎が帰宅、手早く査定を済ませた。

さらに蒼十郎は、路佳の父に電話で買取金額を伝え、支払方法などを確認した上で、一旦工房や物置に入れるものと、店頭に並べるものとを分けた。時雨は蒼十郎を手伝ってバックヤードへ行ったので、汀一は亜香里とともに店頭への陳列を担当することになった。

「この雛人形、どうする？」

「もうすぐ雛祭りだし、目立つところに置いたらどう？」

「あ、確かに。じゃあ真ん中の棚にスペース作って……」

そんな会話を交わしつつ、雑巾やブラシで商品の汚れを拭い、値札のシールやタグをつけ、適当なところに配架する。単純な作業ではあるが、新しいものを置くためにはまずそのための場所を空けなければならない。汀一はフロアの中央に置かれた棚に、亜香里は壁際の棚に向き合って、二人は視線を交わさないまま雑談を続けた。

「亜香里、さっきの子さ」

「路佳ちゃんのこと？」

「うん。小学校の時、そんな仲良かったの？」

「良かったよー。三年生まではクラスも一緒でね、なんでも話してた」

「へー。じゃあもしかして亜香里が妖怪だってことも」

「まさか。いくら仲が良い友達でもそれは言ったことがない……でもないか」

呆れるように苦笑した後、亜香里がふと自問する。重箱を置くスペースを確保しようとしていた汀一が手を止めて「言ったことあるの？」とそちらを向くと、エプロン姿の亜香里は手にしていた鉄瓶をそっと棚に置き、小さくうなずいた。

「一回だけ。幼稚園の頃だけど、仲の良かった友達がいてね。あ、路佳ちゃんとは違う子だよ？　それで、わたし、その子と二人きりの時に、力を使っちゃったことがあるんだ」

「力って、妖怪の……？」

「うん。送り提灯の力。公園の街灯を点けたり消したりしたの。わたし人間じゃないんだよ、こんなことができるんだよ！　って。そんなことした理由はよく覚えてないんだけど……あの子ならなんでも分かってくれると思ったのか、自慢したかっただけなのか……軽い気持ちだったんだと思う。でもね」

「でも——どうしたの？」

「すごく怖がられちゃった。それこそ、お化けでも見るような顔になって、わんわん泣き出して……。小さな子が見たことだから、その話が広まるようなことはなかったけど……その子、次の日からわたしと遊んでくれなくなったんだよね。あの時は悪いことしたなあって——て、汀一!?」

しみじみとした思い出話を中断し、亜香里はぎょっと目を見開いた。

自分を凝視した汀一が目を潤ませ、体を震わせているのだ。思わず歩み寄って「どうしたの」と問うと、汀一は赤くなった目を亜香里に向けた。

「だって、その時の亜香里が可哀想で……！　仲の良い友達に怖がられて拒絶されるなんて、どんな辛かっただろうと思うと……！　亜香里、大丈夫？」

「う、うん……。お気遣いありがとう……。気持ちは嬉しいけどさ、ずっと前の話だし、わたしは見ての通り全然大丈夫だし、むしろ汀一の方が大丈夫？　って感じだよ」

今にも泣き出しそうな汀一を亜香里が困ったような笑みで見返す。逆に気遣われてしまった汀一は「ちょっと待ってね」とジェスチャーで示し、数回の深呼吸で無理矢理気持ちを落ち着かせた。

「……ふう、お待たせ。ごめん亜香里、びっくりしたよね」

「したよ！　別に心配させるつもりはなかったんだけどね。ただ、そんなこともあったから、正体はちゃんと隠してますって言いたかっただけで」

「なるほど……。やっぱり亜香里はしっかりしてるなあ。いつも落ち着いてるし、同い年とは思えないよ」

未だ薄赤い目のまま汀一がしみじみと感嘆する。と、それを聞いた亜香里は大きな目をきょとんと瞬き、少し考え込んだ後、心持ち抑えた声を発した。

「……汀一って、誰かを好きになったことってある？」

「はっ!?」

前振りのない意外な問いに汀一の声が裏返った。あるもなにも、自分は今現在進行形で目の前の相手に恋心を募らせているところなのだが、さすがにそれをここで口には出せない。質問の意図が読めないまま「ま、まあ、あるけど」とおずおずうなずくと、亜香里は「そっか」と相槌を打ち、商品棚に目を向けて寂しく微笑した。

「普通あるよね。でも、わたしはないんだ」

「え。そうなんだ……」

「うん。あ、別にね、人を好きになる気持ちが分からないわけじゃないんだよ？　相談されることはあるし、小説やドラマで、こういうのいいなー、カップルが成立して良かったなーって思うことも多いし。……でも、自分のこととして考えられないの。わたし、みんなと違うものだから」

「あ。それは――」

汀一の中ですっと何かが腑に落ちた。

亜香里が何を言いたいのか分かった気がしたが、今は口を挟むべき時ではないだろう。静かに耳を傾ける汀一の隣で、年の割にしっかり者と評されがちな妖怪の少女は、静かに言葉を重ねていった。

「多分、幼稚園の時——友達だと思ってた子を怖がらせちゃったあの時から、わたし、無意識に線を引くようになったんだと思う。汀一も学校の友達も瀬戸さんたちも、亜香里はしっかりしてる、落ち着いてるって言ってくれるけど、そんなことないんだよ。そういう風に見えてるとしたら、それってただ、わたしが一歩引いて見てるから。みんなと同じ場所に入らないように、同じ立ち位置にならないように、いつでもちょっと離れたところから……。そりゃ、落ち着いて見えるよね」

「亜香里……」

何を言っていいのか分からないけど、でも何かを言わなければならない。そんな思いに突き動かされ、汀一は目の前の少女の名を口にしていた。

——他人との間に壁を作りがちで、不必要な会話を好まないという、妖怪には結構よくいる性格だ。

——自分は人間じゃないとか、同族がほとんどいないという事実があるとどうしてもね……。若いうちは特に偏屈になりやすいんだ。

転校初日、瀬戸から聞いた言葉がふっと脳裏に蘇る。あれは時雨についてのコメントだったが、今の話を聞いた後では、亜香里も時雨とはまた別の形で周囲との間に壁を作ってしまっていることがはっきりと分かる。

どうして、と絞り出すような悲痛な声が汀一の口から自然と漏れた。

「どうしてそんな……！　亜香里は何も悪くないのに……」

「え？　あ、いや、違うよ？　別に今辛いとか苦しいとかじゃないからね？」

「そうなの……？」

「そうです。あー、なんだか湿っぽい話しちゃってごめんね。汀一はなんでも聞いてくれるから、つい話しちゃうって言うか――あれ？」

空気を切り替えるように店内を大袈裟に見回した亜香里が、ふと一点を見つめて固まった。どうしたの、と汀一が問うと、亜香里は売り場の中央の棚の一角を指差した。

「お雛様は？」

「え？　あれ、ない？　おかしいな、さっきここに置いたんだけど」

棚を見た汀一が首を傾げる。お内裏様は残っているのに、その隣に並べたはずの女雛の姿だけが商品棚から消えているのだ。

その後二人は売り場をくまなく見て回り、時雨や蒼十郎、さらには小抓の手も借りて雛人形を捜索した。だが、つい先ほど買い取ったばかりのいわくつきの女雛は、どこを探しても見つからなかったのだった。

＊
＊
＊

亜香里の顔色が露骨に暗くなったのは、雛人形が消えた翌週のことだった。

顔色が悪くなり、口数は減り、やたらときょろきょろしていて落ち着きがない。その変わりようは、無頓着な小抓でさえ気付くほどだった。

ホワイトデーはもう来週で、お返しの候補は幾つかに絞ったものの、どうせなら亜香里の好みに合わせたい。なのでそれとなく聞いてみようと汀一は思っていたのだが、正直、お菓子の話題を気軽に振れるような雰囲気ではない。

時雨に加えて亜香里まで様子がおかしくなってしまったことに汀一が戸惑わなかったわけもない。当然ひどく心配し、理由を尋ねたのだが、亜香里は「なんでもないよ、心配させてごめんね」と気丈に笑う——正確に描写するならば「笑おうとする」——だけで、何も話そうとはせず、汀一の不安はさらに募った。

汀一は真っ先に時雨に、さらには祐や瀬戸や蒼十郎にも相談したものの、返ってくるのは「もちろん気付いていないわけではないが、誰だって言えない悩みを抱えることはあるだろう」「彼女はしっかりしていますから、誰かに助けてほしい時は自分からそう言うと思いますよ」といった答ばかりであった。

少し前までの汀一ならそれで納得したかもしれないが、今の汀一は、亜香里は別にしっかり者でも落ち着いているわけでもないことを——少なくとも亜香里本人がそう自覚しているということを——知っている。

というわけでいっそう不安を募らせた汀一は、ある日の夕刻、意を決して閉店後の和風カフェ「つくも」に向かった。一人で掃除中だった亜香里は、汀一の詰問を受けると困ったような笑みを浮かべた。

「だから、なんでもないって。わたしは大丈夫だから……」

そう言ってはいるものの、声に張りはなく、顔色は相変わらず悪く、大きな瞳はおどおどと泳ぎっぱなしである。「なんでもなくはないよね」と汀一は反論した。

「言えないとか、言いたくないならそれでいいんだ。だったらそう言ってほしい。でもさ、何か心配事があるなら聞くよ。全然役に立てないかもだけど、もしかしたら、ちょっとくらいは何かできるかもだし……。これまで亜香里には何度も何度も助けてもらったし、それに、時雨や小春木さんは亜香里はしっかりしてるから大丈夫って言うけど、そうでもないっておれは教えてもらったから……」

二人しかいないカフェのフロアで、汀一は拳をしっかり握りしめ、縋るように言葉を重ねた。その真剣さ、あるいは悲痛さに面食らったのか、掃除機を掛けようとしていた亜香里は黙って汀一を見返していたが、少し間を置いて小さく首を縦に振った。

「……分かった。そうだよね」

「え」

「わたしのことで汀一を心配させちゃ駄目だもんね……。ちゃんと話す」

「あ、ありがとう！」

「それはこっちの台詞です。相談に乗ってもらうんだから」

大袈裟に頭を下げた汀一を見て亜香里が微笑む。その顔色はやはり良くはなかったが、久しぶりに見る自然な笑みに、汀一はほっと安堵した。

＊　＊　＊

翌日の放課後、汀一は「用事がある」と言って蔵借堂前で時雨と別れ、浅野川大橋を渡ってひがし茶屋街へ足を運んだ。

時雨に嘘を吐くのは気が引けたが、亜香里が自分にだけ話すと言ってくれたのだから、こればかりは仕方ない。単身、観光客で賑わう茶屋街を突っ切り、卯辰山へと通じるきつい坂を上っていくと、「子来町緑地（こらいまちりょくち）」という石碑の先にささやかな公園があった。

山の斜面を削って作られたこぢんまりとした公園で、あるのはドーム状の小さな丘とブランコと滑り台のみ。空は晴れてはいたものの、肌寒い時期の日暮れ時、溶けかかったみぞれや雪がまだ残っているとあっては、遊びに来る子供もいないのだろう。静まりかえったその公園で、亜香里は一人、ブランコに座って汀一を待っていた。

制服の上にフード付きのピーコートを羽織り、暖かそうなタイツを履いて、足元は防水仕様のショートブーツ。もちろん傍らには傘がある。いかにも雨と雪の多い地域の女子らしい出で立ちの亜香里は、汀一に気付くとブランコから立ち上がった。

「わざわざごめんね。ちょっとお店では話しづらくて……」

「全然！　蔵借堂からも近かったし」

謝る亜香里に笑い返し、二人は並んだブランコに隣り合って座った。

山の斜面にあるこの公園からは、視界を遮るものがないので、夕刻のひがし茶屋街や東山の風景がよく見える。初めて来たけど見晴らしがいいところだね、と汀一が素直な感想を口にすると、亜香里は嬉しそうにうなずいた。

「でしょ。ここ、小さい時からのお気に入りの場所なんだ。おばあちゃんの家からも近かったし」

「おばあちゃん？　ああ、北新庄(きたしんじょう)春(はる)さんか」

卯辰山に一人で住んでおり、去年の夏に市外の福祉施設に移った老人——老妖怪——の穏やかな笑みを汀一は自然と思い返した。亜香里は春を実の祖母のように慕っていて、よく家を訪ねていたという話は汀一もしっかり覚えているし、亜香里がたまに面会に行っていることも知っている。

「そっか。ここ、あの人の家から近いんだ」

「まあ、ちょっと歩くし坂もあるから、おばあちゃんはぶつぶつ言ってたけどね。桜が咲くと綺麗なんだよ。それにほら、街が見下ろせるでしょ？　わたし、提灯の妖怪だからかな、暗くなって、街に電気が点いていくのを見るのが好きで……大きくなってからもたまに来てるんだ」

幾つもの小さな光を見下ろしながら亜香里がしみじみと語る。亜香里にとってのこの公園は、時雨にとっての鼓門のような場所らしいと汀一は理解した。

わざわざそんな場所を指定したということは、亜香里の抱えている悩みは思っていた以上に重いものなのかもしれない。だとしたら自分から言うのは難しいだろうし、どう促すべきなのか……！　とかなんとか必死に考える汀一だったが、亜香里はもう腹を決めていたようで、汀一が聞くまでもなくあっさりと話し始めた。

「あのね。雛人形が来るの」

「……はい？　雛人形？」

「うん。この前、路佳ちゃんがお父さんと一緒に売りに来て、並べてる間に消えちゃった女雛があったでしょ？　あれが来るの」

夕闇に染まりつつある茶屋街を眺めながら、亜香里は静かに言葉を重ねた。

店で買い取った翌日から、例の雛人形が自分に付きまとい始めたのだと亜香里は語った。登下校中や学校、あるいは街中でも、机の中、植え込みの下、柱の陰などから、亜香里を見つめてきて、それに気付いて見返すと、雛人形はカサカサと素早く這って姿を消してしまう。最初は見間違いだと思ったが、二回目、三回目と回数を重ねるうちに、そうではないと理解した。今のところ特に危害を加えてくることもないし、家に現れたこともないのだが、今もどこかから自分をじっと見ているんじゃないかと思うと気が休まらない……。

ブランコの鎖を握ったまま亜香里はそう説明し、一通りを聞き終えた汀一は「それは……」と怯えた声を漏らした。

「想像しただけでめちゃくちゃ怖いね……。顔色悪くなるのも当然だと思うけど、つまりあの雛人形が妖具だったたってことだよね？」

「だと思う……」

「だよね？　でも、だったら買取の時に時雨や亜香里は気付くんじゃないの？」

「道具と妖具の境目って曖昧だし、きっかけがないと目覚めないものも多いから……。元々素養があったところに、蔵借堂で妖気に感応して覚醒したんだと思う」

「あー、そういうパターンもあるのか！　いやでも、だったらなんで時雨や瀬戸さんに相談しないの？　正直、隠すようなことでもないと思うんだけど……」

「……あのね、汀一。路佳ちゃんとお父さんが言ってたこと覚えてる？　あの雛人形は願いを叶えてくれるけど、絶対に願いを掛けちゃいけない。もし願い事をすると恐ろしいことになる……って」

「そりゃ覚えてるけど、なんで――あ」

反射的に問い返した直後、汀一ははっと気が付いた。もしや、そういうことなのか。

「もしかして亜香里……あれに願いを掛けちゃったの？」

「……うん。あ、今じゃないよ？　ずっと前、小学二年生の三月……路佳ちゃんの家に遊びに行って、トイレを借りた帰り、雛人形が飾ってある前を通ったの。その時、そこには丁度わたし一人しかいなくてね。ああいうの、『魔が差した』って言うのかな……。わたし、つい手を合わせて」

「願い事を……？」

「……した。もうあの雛人形のいわくは聞いてたから、すごく怖かったはずなんだけど、でも、『もしほんとに願いを叶えてくれるなら』って考えちゃったんだと思う。でもその時は何も起こらなくて……。だからずっと忘れてたんだけど」

「あいつが今になって妖具として目覚めて、自分に願いを掛けた亜香里のことを覚えてて付きまとってる……ってこと？」

「多分……。もしかしたら、わたしとの再会が妖具として覚醒するきっかけだったのかもしれないけど、わたしが悪いのは間違いないの。願掛け系の呪物や人形はただでさえ危ないし、妖怪の妖気に感応すると暴走しやすいから気を付けろ、うかつに願いを掛けたりするなって、小さい時から瀬戸さんや蒼十郎さんには言われてたのに……」

語尾を濁した亜香里が視線を足下へと落とす。そういうことかと汀一は亜香里の心情を理解した。ずっと昔の話であれ、言いつけを破っていたことを大っぴらにしたいわけがない。これが大きな被害を出しているならともかく……。

「今のとこ、見てくるだけなんだよね」

「そう。だからわたしが気にしなかったらいいいって思ってたんだけど、やっぱり気になるし……。しかもあの雛人形、最近ちょっとずつ距離を詰めてきてる気がするの。わたしには戦えるような力はないから、怖くって……。でも、今から相談したら、なんで隠してたんだ、もっと早く言えって怒られそうで……」

自分で自分が情けない、と言いたげに、亜香里は頭を振って溜息を吐き、隣の汀一へと向き直った。意見や答を求められていると理解した汀一は、ほんの少し沈黙した後、ゆっくりと口を開いた。

「――ありがとう」

「え？」

要領を得ないコメントに素で戸惑う亜香里である。訝しげな顔で見つめられ、汀一は思ったことをそのまま口に出してしまったと気付いて赤面した。

「あ、ええとね、つまり……この公園――亜香里にとって大事な場所を教えてくれて、そこで隠さずに相談してくれたことがまず嬉しかったんだよね。だからありがとう。瀬戸さんたちに言われてたのについ願いを掛けちゃったって話は、亜香里にもそういうところあるんだなーって思って、ちょっとほっとしたけど……でも」

そこで汀一は再び黙り込み、眉根を寄せて視線を下げた。言葉を選んでいるのだろう。そうと察した亜香里が静かに待っていると、ややあって汀一は顔を上げ、絞り出すような声を発した。

「でも、ごめん……！　すごく悔しいし、情けないんだけど……これ、おれじゃ力になれないと思う。なんとかしなきゃって色々考えてみたけど、雛人形を止める方法なんて全然思いつかないし……だから、やっぱり――」

「……『やっぱり』、何？」

「時雨に相談した方がいいと思う」

そうきっぱりと言い切り、汀一は「妖具のことならあいつが詳しいって亜香里も知ってるよね」と付け足した。それは、と口ごもる亜香里を汀一はまっすぐ見返した。

おれは亜香里が心配だから、止めても時雨に言うよ。

そう無言で訴えると、亜香里が視線を逸らして小さく首を縦に振る。どうやら分かってくれたようだ。というわけで汀一はスマホを取り出し、時雨に、亜香里のことで相談したいから来てほしいというメッセージを送り、今いる場所も伝えた。間もなく時雨から「すぐ行く」との返事が来る。その端的なレスを見せられ、亜香里は大きな溜息を吐いた。

「……なんでだろう。何も解決してないのに、わたし今すごくほっとしてる」

「人に話すとそうなるよね。とりあえず気が楽になったなら良かったよ」

「うん。聞いてくれてありがとう。優しいよね、汀一」

「え？　い、いや、そんなことないと思うけど……」

「そんなことなくはないです。汀一、誰にでも優しいじゃない。時雨にも、小春木先輩にも、小抓にも、おばあちゃんにも、氷柱女(つらら)の果織(かおり)ちゃんにも、それに寺町の化け物屋敷の時だってさ。だからわたし、汀一に――」

汀一を見ながら語っていた亜香里の声がそこでいきなりぶつんと途切れた。

え、なんでそこで切るの？　続きは？　「だから汀一に」何？

焦らされた汀一が戸惑いながら見返す先で、亜香里の顔色からさーっと血の気が引いていく。そのあからさまな恐怖の色、そして亜香里の視線が自分に向けられていないことに気付き、汀一は慌てて後ろを見た。

「もしかして——うおっ！」

思わず大きな声を上げ、汀一はブランコから立ち上がっていた。

振り向いた先、桜の立木の下にぽつんと立っていたのは、ぼろぼろになった雛人形だった。乱れた黒髪が顔に掛かり、丈の長かった着物は脛のあたりで千切れてしまって足首が剝き出しになっている。カタカタと体を小刻みに揺らしながら前傾姿勢で亜香里を見つめるその姿は確かに不気味で、汀一の背筋がぞくりと冷えた。

「な、なるほど……。これは怖いね……！」

「でしょ……？」

「うん。亜香里の気持ちがよく分かっ——うわおっ！」

亜香里を庇うように立っていた汀一がいきなり叫んだ。雛人形が突然走り出して大きく飛び跳ね、汀一の顔にしがみついたのだ。泥にまみれた物体に顔にはりつかれ、汀一はひどく怯え、戸惑った。

「ど、どうしようこれ!?　どうしたらいい？　てかこいつ、こんなこともしてくるの!?」

「え？　う、ううん、こんなの今までなかったよ……。近づいてはきてたけど」

「そうなの？　ならどうして急に——痛い痛い痛い！　摑むな！　耳に手を入れるな！」

「汀一、動かないで！」

意を決した顔の亜香里が雛人形の胴体をむんずと摑んだ。力任せに汀一の顔から引きはがし、そのまま勢いよく投げ捨てると、汚れ切った女雛は公園を囲む手すりの向こう、眼下の街へと消えた。

二人はそのまま数秒間、無言で手すりの奥を凝視し、人形が這い上がってこないことを確認すると、揃って胸を撫で下ろした。

「とりあえず助かった……！　ありがとう、亜香里！」

「ど、どういたしまして……。汀一、ほんとに大丈夫？　顔に何かされてない？」

「大丈夫だと思うけど」

「『思うけど』じゃ駄目だよ。ちょっと見せて」

汀一を街灯の下に連れて行き、亜香里がその顔を凝視する。

二人しかいない夕暮れ時の公園で、好きな女子に顔を近づけられている。普通に考えれば夢のようなシチュエーションではあるのだが、動く雛人形に顔面にしがみつかれた直後、しかもあれがいつまた襲ってくるか分からないとあっては、嬉しさよりも恐怖心の方が圧倒的に大きい。亜香里も不安なのだろう、顔は依然青ざめたままだ。

「見たところ、大丈夫そう……かな？　妖気も残ってないみたいだし」

「ほ、ほんとに？　あいつ卵産みつけたりしてないよね？」

「き、気持ち悪いこと言わないでよ……！」

「ここか。すまない、遅くなった」

いっそう青くなった亜香里が汀一に反論した直後、第三者の声が割り込んだ。唐突なその呼びかけに、ただでさえ怯えていた汀一と亜香里は声にならない悲鳴をあげ、反射的に目の前の相手にしがみついた。抱き合って慄く二人を前に、呼ばれるまま急いでやってきた時雨は、ただ大きく眉をひそめ、首を傾げた。

「……何があったんだ、一体」

＊　＊　＊

「――なるほど。大体分かった。それはおそらく、『ヒンナ』だ」

亜香里と汀一が勢いよく抱き合ってから少し後、「暗いので場所を変えよう」「了解」というやりとりを経て移動した先、ひがし茶屋街にある日本茶屋のテーブル席にて。

おおむねの事情を聞かされた時雨は、ほうじ茶の入った湯飲みを前に言い切った。聞き慣れないそのフレーズを、時雨の向かいの席の汀一が繰り返す。

「ひんな……？」

「漢字で書くと、雛人形や雛鳥の『雛』。富山に伝わる妖具……と言うより、一種の呪具だ。七カ所の墓場の土を集め、それを三年掛けて三千人に踏ませた後に人の形にしたもので、願いを言うと欲しいものは何でも持ってきてくれる。便利な人形ではあるんだが」

「あるんだが？」

「ヒンナは、願いに応えようとする気持ちというか意志というか、モチベーションが強すぎるんだ。掛けられた願いは絶対に叶えようとするし、たとえ持ち主が満たされ、欲しい物がなくなっても、『今度は何が欲しい』と永遠に聞いてくるとも言われている」

「ホラー小説みたいな妖具だね……。てか、願いを叶えてくれるけど恐ろしいことになるって、それは」

「路佳ちゃんの大おばあさんの言ってたことと同じ……？」

「そうだ。あの人形はそもそも富山の旧家の所蔵品とのことだったが、ヒンナの伝承地域も同じく富山。買取の際に妖気は感じられなかったからスルーしてしまったけれど、あの話は本当だったんだろう」

「つまり、富澤さんの先祖は、ヒンナを使って財産を築いたけど、その人形に付きまとわれて心を病んで亡くなった……？」

　隣に座る亜香里と視線を交わした上で汀一がおずおず問いかける。時雨は「おそらくな」とうなずき、ほうじ茶を一口飲んで続けた。

「使い手の強い思念が宿るとただの道具も妖具になる、と聞いたことがある。金持ちになりたいという思い――欲望が、土人形を妖具に変えてしまったんだろう。その後、残された子孫は――感謝を込めてか、畏れてかは分からないが――自分の家が財を成すきっかけになった人形を雛人形に加工し、この時に男雛も合わせて作ったんだと思う。こうして元はヒンナだった雛人形はその家に伝えられ、戦後になって金沢に渡った。どこかのタイミングで呪具としての力は失われたんだろうが、元は願いを叶えるためのもの」

「何年も前に、亜香里が掛けた願いをしっかり覚えちゃってたわけか」

「ああ。そして先日蔵借堂で妖気に触れて覚醒……いや、復活し、自分に最後に掛けられた願いを叶えようとしているのだろう」

「なるほど……。って、それならなんで亜香里に付きまとうわけ？」

「そこがよく分からない。家に来ないのは、瀬戸さんや蒼十郎さんの妖気を警戒しているからだと思うが、ヒンナは本来、要求されたものを取ってくる呪具のはず。なぜ手ぶらで来ては帰るのか……。実行不可能な願いを込められてバグでも起こしたか？」

「実行不可能な願い？　……亜香里、一体何を願ったの？」

「もしや、持ってこられないようなものを願ったんじゃないのか？」

「う、うん……。それなんだけど、ね」

汀一と時雨に見据えられ、亜香里は気まずそうに視線を逸らした。いつもは気丈で頼れる双眸が不安げに泳ぎ、申し訳なさそうな微かな声がぼそりと漏れる。

「覚えてないの……」

「え？」

「何？　亜香里、この期に及んで隠し事は――」

「ほ、本当なんだってば！　ずっと思い出そうとしてるんだけど、全然思い出せなくて……！　汀一や時雨に嘘なんか吐かないよ！」

悲痛な声がお茶屋のテーブル席に響く。「信じて」と目と鼻の先から見つめられ、汀一の心臓がどきんと跳ねた。

「時雨。亜香里がこう言ってるんだから信じよう」

「君は本っ当にほだされやすいな……！　……だが、まあ、そういうこともあるか」

「信じてくれるの？」

「……ああ。僕も亜香里との付き合いは長いんだ。嘘を言っていないことくらい、なんとなく分かる」

「ありがとう、時雨」

溜息を落とす時雨に亜香里がほっとした笑顔を向ける。良かった良かったと汀一はうなずき、身を乗り出して時雨に問いかけた。

「で、これからどうするの？」

「まずはヒンナの身柄を押さえ、その上で目的を探る。妖気を吸って普通の人形に戻すことはできるだろうが、それでは根本的な解決にはならないし、僕としてはできるだけヒンナの気持ちも汲んでやりたい」

「優しいね。時雨のそういうとこ好きだよ、おれ」

「なっ——君は、すぐにそういうことを！」

「なんで怒るんだよ」

「そうだよ時雨。汀一は褒めてくれたんだから。そういうところ素直になった方がいいと思うよ」

「亜香里まで……！　そもそも僕はだな、君が困っていると聞いたから」

「だからそのことを話そうって言ってるの。とりあえず、あれを取り押さえないとどうしようもないわけだよね？」

赤い顔でいきりたった時雨を手慣れた様子でいなし、亜香里が話を元に戻す。そうだ、と時雨が慌ててうなずく。

「聞く限り、ヒンナは亜香里のところに戻ってくる習性があるようだから、そこを利用してやればいい」

「利用？　待ち構えて罠を張るとか？」

汀一が眉をひそめて問いかけると、時雨はきっぱり首を縦に振り、「今夜仕掛けよう」と付け足した。

「実はさっき、瀬戸さんと蒼十郎さんが千里塚さんに呼ばれて出ていったんだ。どうやら泊まり仕事になるらしい。これまでヒンナが蔵借堂に来なかった理由が、大きい妖気の持ち主を警戒していたからだとすれば……」

「瀬戸さんたちがいない今夜は、家に堂々と入ってくる……？」

「亜香里の言う通りだ」

眉根を寄せる亜香里に時雨が告げる。亜香里は依然不安そうだったが、汀一が「大丈夫だよ」と特に根拠もなく言うと、ありがとう、と気丈な微笑を浮かべてみせた。

＊　＊　＊

その後、一同は揃って蔵借堂に戻り、ヒンナへの対策を講じた。ここまで話を聞いておいて「じゃあ頑張ってね」と帰れるわけもなく、汀一ももちろん一緒である。

時雨の立てた作戦は、蔵借堂の入り口だけを開けておいて、そこで小抓とともにヒンナを待ち構えるというものだった。ターゲットである亜香里は自室に引っ込んで身を守り、汀一は時雨たちが取り逃がした時に備えて亜香里の部屋の前に待機する。

相手は小さい人形なんだから、そんな馬鹿正直に玄関から来るのだろうか。窓とか通気口とか換気扇とかから入ってきそうなものだけど……。

汀一はそんな疑問を覚えたが、時雨が言うには「人形は人を象ったものだから、人に近い行動を取ろうとする。まるで自分を迎え入れるかのように入り口が開いていると、そこから入らざるを得ないんだ」とのことであった。この中で一番妖具に詳しい時雨がそう言うのであれば、ひとまず信じるほかはない。かくして汀一は、蔵借堂の奥にある私生活スペースの二階、亜香里の部屋の扉の前に陣取ることになった。

武装できれば心強いが、この店には武器の類は置いていない。落ち葉を集める時に使う熊手を持ち、静かな廊下に座布団を敷いて腰を下ろしていると、ドア越しに申し訳なさそうな亜香里の声が届いた。

「……ほんと、ごめんね汀一。危ないと思ったら逃げてね」

「ありがとう。できるだけ頑張るよ。まあ、時雨たちが何とかしてくれると思うから、おれの出番はないと思うけど」

若干上擦った声で汀一が答える。

汀一が蔵借堂に通うようになって久しいが、これまで出入りしてきたのは表の店舗部分や工房や厨房、入ったとしても下のリビングか物置くらいだったので、亜香里の自室にここまで近づいたのは今回が初めてだ。浮ついている場合じゃないだろうとは思うものの、ドキドキするのは止められないのであった。

だが、その緊張も、十分、二十分……そして一時間、二時間と時間が経つにつれ、加速度的に薄れていった。ヒンナが来たら時雨から連絡が入るはずなのだが、床に置いたスマホは鳴動する気配もなく、夜はどんどん更けていき、眠気はじわじわ増していく。

そして、日付が変わって少し経った頃。

壁にもたれた汀一がうとうとしていると、階段の下から何かをひっくり返すような音が響いてきた。

「え、何⁉」

汀一がはっと目を開けると、程なくして床の上のスマホが鳴った。時雨からの電話だ。すぐさま通話マークに触れれば、切羽詰まった時雨の声が響いた。

「すまない！」

「すまないって何が？　ヒンナは来たの？」

「来た！　傘で取り押さえるつもりだったが、あいつ、雪降り婆の紐を使って……！」

その報告を聞くなり汀一の背筋に悪寒が走った。「雪降り婆の紐」は、蔵借堂の売り場に並べられている妖具の一つで、目の前の相手を自動的に絡め取るという厄介な性質を持っている。「小抓も僕も縛られて動けないんだ！」と時雨が悔しげな声で続ける。

「今、小抓に手伝ってもらって、どうにか電話を掛けたところだ。今のヒンナはかなり狂暴になっている……！　こちらが警戒したのがまずかった。思いに応える妖具だから、敵意や戦意に感応してしまったようだ」

「そ、そうなの？　じゃあ助けに行った方がいいよね？　おれもすぐ」

「待て、最後まで聞け！　僕らを縛り上げた後、ヒンナは玄関から出て行ったんだ！　おそらくあいつは――」

ガシャン！

突如、目の前のドアの向こうからガラスの割れる音が響き、電話越しの時雨の声を遮った。次いで「きゃーっ！」という亜香里の悲鳴。今度は何だ！　思わずスマホを下ろした汀一の眼前で、ドアが勢いよく開き、青い顔の亜香里が飛び出してくる。

「ど、どうしたの？」

「あいつ、窓から——窓を割って……！」

部屋着であるパーカー姿の亜香里が震えながら自室のドアをまっすぐ指差す。熊手を構えた汀一が向き直ると、半開きになったドアの隙間から、ぼろぼろになった雛人形がゆっくりと歩み寄ってくるのが見えた。

「ひっ……！」

カクカクと振動しながら迫ってくるヒンナの姿を見るなり、汀一は息を呑んでいた。

公園で見た時よりも髪はいっそう乱れて、首は少し捻じ曲がっている。どこかで引っ掛けたのか、着物の袖は両方とも失われ、剝き出しになった両手にはヘアーアイロンと刃を伸ばしたカッターナイフを抱えていた。

どちらも亜香里の部屋にあったものだろうが、ヘアーアイロンはともかくカッターナイフが恐ろしい。及び腰で熊手を構えたまま、汀一は「時雨の嘘吐き！」と言い放った。

「玄関から入ってくるって言ったのに！　てかこいつ、めちゃくちゃ怒ってない……？」

「う、うん……。妖気がすごく荒れてる……！　業を煮やしたって言うか、自棄になったって言うか……。力も強くなってるみたいだし、危険だよ、今のヒンナ」

「だよね——うわおっ！」

ふいに汀一が甲高い声をあげる。ヒンナがカッターを振って切りつけてきたのだ。それを危うくかわし、汀一は亜香里と顔を見合わせて考えた。

目の前の人形は狂暴化している上に凶器で武装しており、頼みの綱の時雨は一階で縛られていて動けないし、小抓も同様だ。亜香里には戦うような力はないし、自分はただの人間で、助けを求められそうな相手は近場にいない。であればここで採るべき道は――。

「逃げよう！」

「逃げよう！」

二人の声が重なって響く。どうやら亜香里も自分と同じことを思っていたようだ。そのことに小さな喜びを感じつつ、汀一は亜香里の手を取って――いや、むしろ亜香里に手を引かれ、転がるように階段を下った。

＊　＊　＊

蔵借堂を飛び出した二人は、夜更けの主計町茶屋街の路地を当てもなく走った。

数時間前なら夜の茶屋街らしい淡い光を漏らしていたであろう格子窓はいずれも暗く、おまけにこのあたりは道が細く入り組んでいる上に街灯も少ないので、視界はおそろしく悪い。ノスタルジックなデザインの街灯はどれも不安げに明滅を繰り返しており、亜香里の送り提灯としての力が漏れてしまっているのだろうな、と汀一は察した。あの弱気な光り方は、亜香里の心の反映なのだ。

幸い今のところヒンナが追ってくる気配はなかったが、落ち着けるわけもない。何度も振り返りながら走る汀一の隣で、亜香里が申し訳なさそうな声を漏らした。

「巻き込んじゃってごめんね、汀一……。もういいから」

「そうはいかないよ！　とりあえず蔵借堂からできるだけ離れよう！」

亜香里の弱気な言葉を汀一が遮り、二人はさらに前へと進んだ。主計町茶屋街を抜け、暗がり坂の前も通過する。そしてその奥にあるもう一つの石段、通称「あかり坂」の前に差し掛かった時だ。

「わっ」

先を走っていた汀一が不意につんのめった。足首に何かが引っかかったのである。とっさに地面に手を突いて体を支え、足下へと視線をやると、ガス灯を模した街灯の照らす先で、黒い紐がぴんと張られているのが見えた。

どうやら電気製品のコードのようだ。コンセントプラグの付いた先端は街路樹の根元に引っ掛けられており、もう片方の先には細長いヘアーアイロンと、それを抱えて身を伏せる人形の姿が——。

「ひ——ヒンナ！」

「待ち構えてたのか、こいつ！　くそ、亜香里は逃げて！」

汀一を起こそうとした亜香里が絶句して固まり、同時に汀一は起き上がるのも忘れてヒンナへと摑みかかった。その敵意に反応したのか、ヒンナが小脇に抱えていたカッターを投げつける。汀一はそれをぎりぎりでかわし、「やめろ！」とヒンナの体を両手で摑んだ。

押さえつけられたヒンナがじたばたと激しくもがく。

「何だ、この力……!?　くそ、おとなしくしろ！」

「危ないよ汀一！」

「分かってるけど、だからって離せるわけないだろ！　ああもう、何がしたいんだ！　お前、願いを叶える人形なんだろ？　だったら言葉は通じるんだろ!?」

　汀一は必死に声を掛けるがヒンナはまるで意に介さない。ざんばら髪の掛かった顔を亜香里に向け、一心に束縛を振りほどこうとするばかりだ。「頼むよ」と汀一はさらに呼びかけを重ねる。

「じゃあせめておれの願いも聞いてよ！　亜香里をこれ以上怖がらせないで！　亜香里は、おれにとってすっごく大事な人なんだ！　お願いだから……！」

　制止と言うより懇願に近い声があかり坂の下に空しく響く。その悲痛な声に、立ちすくんだままの亜香里は思わず「汀一……」と目の前の少年の名前を呼び――その直後、大きく息を呑んでいた。

「……そうだ。そうだったんだ」

「え、どうしたの亜香里？　よく聞こえなかった！」

「――思い出した」

　ヒンナを押さえつける汀一に短い言葉を返し、亜香里はすっと姿勢を正した。

　瞬間、周囲の空気がふいに冷え込み、あかり坂を見下ろすように伸びるガス灯型の街灯が淡いオレンジ色の光を放った。

　見るもの全てを引き付け、闇の奥へと誘うようなその柔らかな発光は、夜道の明かりを操る妖怪・送り提灯の力によるものだ。不思議な光に照らされる中、汀一とヒンナは自然と格闘を止め、顔を街灯の光へ——その下に立つ亜香里へと向けていた。

　二対の視線が向く先で、亜香里はヒンナをまっすぐ見返し、そして優しく微笑した。

「ごめんね。おいで」

　穏やかな声を受け、おとなしく立ち上がったヒンナがゆっくり亜香里に近づいていく。なぜか分からないが、汀一はそれを止める気にはならなかった。足下にまで歩み寄ってきたヒンナを、亜香里はそっと抱き上げ、詫びるように語りかけた。

「ずっと覚えててくれたんだよね。なのに忘れてて、ほんとにごめんね……。でも、もう大丈夫だから。わたしのあの願いはもう叶ったから。叶ってたから……」

　聞き取りやすい優しい声で亜香里が告げる。それを聞いたヒンナは、分かったと言いたげに傾いた首を縦に振り、そして、それきり動かなくなった。

＊　＊　＊

「……なるほど。願いを叶えようとする人形なのだから、もう叶っていたと告げれば鎮まるわけか。理屈としては分からなくもないが……」

ヒンナが静止してから少し後の、蔵借堂の売り場である。戻ってきた汀一たちから説明を受けた時雨は、すっきりしない顔でつぶやき、膝の上で熟睡中の小抓を起こさないよう気を付けながら、ヒンナを持った亜香里へと顔を上げた。

「このヒンナはおそらく相手の本音を読み取れる妖具だ。亜香里が本当に満足していることを確信したからこそ、これは鎮まったんだろうが……しかし、亜香里の願いとは一体何だったんだ？」

「……あ。それ、やっぱり聞きたい……？」

「当然だろう。今回の事件はそもそもそれが原因だったんだ。忘れていたならともかく、思い出したんだろう？」

「まあ、そうなんだけどね……」

「言わなくていいと思うよ、おれ」

口ごもる亜香里の言葉に、汀一のけろりとした声が被さった。え、と時雨と亜香里が見た先で、ついさっきまでヒンナと格闘を繰り広げていた少年は、手や顔に汚れをつけたまま、明るく笑ってみせた。

「だって、小さい頃の亜香里がこっそり願い事をして、それをみんなに秘密にしてたのは、言いたくなかったからだよね？」

「う、うん……」

「だよね。で、その願いは、気付いてなかったけど叶ってた」

「それも、うん」

「じゃあそれでいいじゃない！　丸く収まったんだしさ。それじゃ駄目なの、時雨？」

「駄目ではないが……僕はともかく、汀一は大変な目に遭ったわけだろう？　原因が不透明なまま一件落着でいいのか？」

「全然いいよ。いやー、良かったね亜香里！」

呆れる時雨に明快なうなずきを返した後、汀一が亜香里に笑いかける。亜香里は「あ、ありがとう……」とおずおず応じ、顔を少し赤らめながら、しっかりと言い直した。

「――ありがとう、汀一」

……妖怪であることを友達に隠さないといけなくて、それが辛かったんだよね。

汀一にお礼を言いつつ、亜香里は心の中で過去の自分に語りかけていた。

幼稚園の頃、力を使ってしまって拒絶された一件は、亜香里の中でずっと尾を引いていた。だから自分はあの時、願いを叶えてくれるという人形につい祈ってしまったのだ。

正体も素性も全部明かして付き合える、そんな友達ができますように――と。

時雨の話によると、ヒンナは基本的にものを持ってくることしかできない妖具のようだ。故に、「友人が欲しい」という願いには対応できず、おかしな挙動を繰り返すことになったのだろう。申し訳ないことをしたなあと亜香里は思い、その上で、明るく笑う汀一を――去年知り合ったばかりの人間の少年を見た。

ヒンナに願いを掛けた頃とは違い、今は、自分の素性も正体も知っていて、それでいて普通に付き合える同年代の友人が、目の前にこうしてちゃんといる。

その事実、そして、そう接してくれる汀一に、亜香里は改めて感謝した。

「……本当にありがとう汀一。これからもよろしくね」

「え？　う、うん、こちらこそ……！　おい聞いたか時雨！　亜香里が『これからもよろしくね』って」

「聞こえているに決まっているだろう。ばんばん叩くな」


その翌日、おとなしくなったヒンナは、亜香里に服を着替えさせられ、髪を整えられた上で、残っていた男雛と一緒に蔵借堂の店頭に並べられた。

「でも、とっくに雛祭りは終わってるよね」と首を傾げる汀一に、時雨は「金沢では、三月三日に雛人形を片付けなくても嫁に行き遅れることはないと言われていて、四月初めまで雛人形を飾る家も多いんだ。いわゆる『四月雛』だな」と説明した。

汀一は一旦納得しつつも「でも、雛祭りが過ぎてから雛人形を買う人もいないだろう」とも思ったのだが、飾られたヒンナは一仕事を終えて満足しているように見えたので、そのままにしておくことにした。

＊　＊　＊

「それにしても、本当に無事に解決して良かったよね！　もう一時はどうなることかと」

その翌週のある日の放課後、蔵借堂に向かう道中でのこと。軽やかに歩道を歩きながら汀一は大仰に胸を撫で下ろしてみせた。

ヒンナの一件が解決して亜香里も元気を取り戻し、一昨日にはそんな亜香里にホワイトデーのお返しを渡すミッションにも成功し、悩んだ末に選んだ一口大福セットは好評だった。そんなわけで今の汀一のテンションはむやみに高い。笑顔で良かった良かったと繰り返す汀一に、傘を提げた時雨は辟易した目を向けた。

「君はここのところそればかりだな……。そんなに嬉しかったのか」

「うん！　だって痛感したからね」

「痛感？」

「うん。親しい人が心配そうな顔してるのに何も話してくれないってのが、どれだけ辛いかってことが、ほんと、よく分かったからさ。多分おれ、それが一番苦手なんだよ」

「君らしいな」

「褒めてくれてるんだよね？　亜香里だけじゃなくて、時雨も様子がおかしかったからさ、おれもう不安で不安で」

「……僕が？」

「そうだよ。難しい顔で考え込むし、呼んでも来なかったりするし……。元々そういうところがあるのは知ってるけど、やっぱり心配だったから——」

そう言いながら汀一がいつものように暗がり坂の石段を下ろうとすると、隣を歩いていた時雨はふいに絶句し、足を止めた。

そうか、と抑えた声が漏れる。

「表に出さないようにしていたつもりだったが……やはり、気付かれていたんだな」

「え？　そりゃ分かったけど——てか、どうしたの？」

数段上で立ち止まった時雨を見上げて問いかける汀一。時雨は軽く肩をすくめ、情けない、と言いたげに頭を振った。

「僕も汀一に心労を掛けていたわけか。これでは亜香里のことを言えないな」

「……時雨？」

「……これは自分の問題だから、話すつもりはなかったんだ。だが、そのことが君に負担を掛けていたなら話は別だ」

「し、時雨……？　あの、何の話……？」

長身の友人を見上げた姿勢のまま、汀一は抑えた声で問いかけた。嫌な予感がざわざわとその胸中に這い上がる中、時雨がうなずき、口を開く。

「実は少し前、小抓を連れて金沢城公園に行った日……千里塚さんに、弟子にならないかと誘われたんだ」

「弟子？」

「ああ。あの人は前から妖具職人のアシスタントを探していたそうで、僕なら大丈夫そうだと言ってくれた。しばらくは自分のところで妖具の扱い方のイロハを学び、ゆくゆくは独り立ちできるように——と」

「それってつまり、スカウトされたってこと？　すごいじゃない！　時雨、あの人のこと尊敬してるんだよね？　そんな職人さんに誘われるなんて——って、待った」

素直に祝福しかけた汀一だったが、その顔がふいに強張った。

——まあ、あれじゃな。わしはそういう根無し草な生き方が性に合っておるということじゃな。一つの街にずっといるということができんのじゃ。

鯱子が以前語った言葉が脳裏に蘇る中、汀一は思わず時雨との距離を詰めながら問いかけていた。震える声が暗がり坂に響く。

「……待ってよ。千里塚さんの弟子になるってことは……もしかして、金沢にいられなくなるってこと……？」

「……そうだ。弟子入りするなら高校も辞めることになる。あの人は近いうちに金沢を発つそうで、だから、早めに答を聞かせてくれと言われていて——僕は——どうしたらいいと思う？」

汀一がはっと見据えた先で、時雨が目を逸らしながら問い返す。縋るようなその問いかけに、汀一は答を返すことができなかった。

ヒンナ：墓場の土を持ってきて、三年の間に三千人の人に踏ませたもので作る土人形で、その間絶対に人にみられてはいけない。これを祀ると欲しい物は何でも持ってきてくれるので忽ち身上がよくなる。しまいに欲しい物がなくなっても、今度は何だと催促するので困る位だという。三、四十年前まで、急に身上がよくなるとヒンナを祀っているのではないかといったものである。

（『砺波民俗語彙』より）

第四話　木魚と桜と迷いと決意

「……はあ」

木製の天板に肘を突いたまま、汀一は閑散とした店内に物憂げな溜息を響かせた。

その隣、一人分ほど空けた位置では、時雨が古い仏具の汚れを黙々と拭っており、半開きになった格子戸の外では、麗(うらら)かな春の日差しが玄関先の傘立てを照らしている。

ヒンナの一件が解決してから既に半月ほどが経ち、汀一たちも終業式を終えて春休みを迎えていた。まだまだ朝夕は肌寒いものの、北国ならではの長かった冬もようやく終わりつつあり、街のそこかしこでは既に桜がほころんでいる。今年の桜の開花は例年よりも早いらしい。浅野川沿いにはぼんぼりと呼ばれる桜色の逆台形の照明が並び、出歩く人や旅行客も増え、金沢の街は徐々に華やぎ始めていた。

だが、そんな春めいた空気とは裏腹に、汀一と時雨の表情は暗かった。

――千里塚さんに、弟子にならないかと誘われたんだ。

――弟子入りするなら高校も辞めることになる。

――あの人は近いうちに金沢を発つそうで、だから、早めに答を聞かせてくれと言われていて――僕は――どうしたらいいと思う？

あの日の暗がり坂で時雨が口にした言葉が、思い出そうともしていないのに汀一の頭と胸とに蘇った。

あの後、時雨は蔵借堂の一同に、魎子にスカウトされたことを自分の言葉で明かした。亜香里や小抓は驚いていたが、蒼十郎と瀬戸は既に知っていたらしく、少し寂しそうに視線を交わして「時雨の力量なら大丈夫だと思う」「自分で決めることだからね、こういうのは」と言うだけだった。

あれからもう十日以上が過ぎたというのに、時雨は未だ魎子への答を決めかねているようだ。そして汀一もまた、あの縋るような問いかけへの答を返せていないままだった。

時雨が事情を話す気になったのは、おれを気遣ってくれたからだ。

なのにおれは……。

情けなさと申し訳なさがどんどん募り、汀一の胸の内を埋め尽くす。胸中にわだかまったものを吐き出すかのように「あー」と意味のない声を漏らすと、黙々と作業を続けていた時雨は手を止め、ちらりと汀一に横目を向けた。

「……困らせてしまってすまない」

時雨の小さく開いた口の隙間から、ここしばらくの間に何度も聞いた言葉が漏れる。

「千里塚さんに誘ってもらったことは、とても光栄だと思うんだ。僕が最も尊敬している職人は蒼十郎さんだが、その蒼十郎さんも、技量や知識、それにここ一番の判断力などでは千里塚さんの方が上だと言っているし、実際、僕もそう思う……」

静かに語る時雨の口調は、汀一に聞かせるためというよりも、独白や自問に近いように聞こえた。自分の考えを整理しているのだろうな、と汀一は思い、何も口を挟まずに耳を傾けた。

時雨を誘った当人である魎子は、今も市内に借りた作業場で加工作業中と聞いている。手を加えている妖具はハコツルべ。相手の自由を奪う音と光を発しながら動き回り、被さった対象を消滅させてしまうという、あの危険な箱である。ハコツルべのような厄介な妖具であっても、呪力を込めながら緻密な紋様を彫り込んだり、あるいは塗装を施したりすることで制御できるようになる。魎子が言うには、集積回路を手彫りするようなものなので、かなり時間が掛かる作業なのだそうだ。

その魎子は今は蒼十郎と作業を続けているが、もうすぐ金沢を離れなければならないらしいので、そうなると金沢で店と工房を構えている蒼十郎の手は借りられなくなる。このタイミングで時雨に声を掛けたのには、そういう理由もあるのだろう。そう汀一は察し、友人がベテランの職人にスカウトされたこと自体はおめでたいんだよな、とも思った。

「そういえばさ。千里塚さんってなんでハコツルべを加工してるの？　ほっとくとまた動き出して危ないから？」

「詳しい理由は僕も聞いていないが、まあそんなところだろう。あれの能力や性質は妖怪から見ても危険すぎる」

「人間から見てもそうだよ……。あとさ、千里塚さんって絶対移動しなきゃいけないの？　とりあえず今の作業が終わるまでだけでも、金沢にいることってできないのかな」

「僕に聞かれても……。不可能ではないとは思うが、汀一も知っての通り、僕ら妖怪は、自身の背負った伝承や物語にその言動を制約される。千里塚さんの場合、『定住しないという生き方』が、妖怪としての本質的な部分に根差しているということなんだろう」

「はー、なるほどね。あの人って『塵塚怪王』だっけ。旅する妖怪なの？」

「そんな話はないけれど、塵塚怪王は妖怪が行進、すなわち移動する絵巻に描かれたものだからな。一か所に留まらない性質があるんじゃないか？」

　魎子に直接確かめたわけではないのだろう、時雨の言葉は疑問形ではあったが、筋の通った説明だったので、汀一は素直に納得した。妖怪が自分の設定に縛られるという話は、城のお堀や庭園の池で泳ごうとした小抓のおかげでよく覚えている。腕を組んだ時雨は、パイプ椅子の背もたれに軽く体重を預け、「そもそも」と言葉を重ねた。

「千里塚さんはあまり自分のことを話さない人だからな……。だが妖具職人としては尊敬できるし、信頼もしている。もちろん感謝も」

「時雨や亜香里を見つけて保護してくれた人だもんね」

「ああ。……『妖具を扱う職人は、作られたものや壊されゆくものの気持ちを汲み取れてこそ一人前』。これは蒼十郎さんから教えてもらった考え方で、僕の指針であり理想でもあるんだが、千里塚さんからの受け売りなんだそうだ。そんな人から声を掛けてもらえたからには応えたい。その気持ちは間違いないんだが……」

「でも迷ってる、と」

「そうだ。……すまないな、同じ話を何度も何度も」

「いいよ。おれでもそうなるだろうし」

「ありがとう。だが、こんな話を聞かされても汀一も困るだろう」

「それはまあね」

カウンターに乗り出していた上体を起こして時雨に向き直り、汀一は素直に苦笑した。

実際問題、おれはどうしてほしいんだろう？

自問の声が心に響く。目の前の妖怪の少年は、転校して来て初めて出来た友人だ。それどころか、これまで引っ越しが多く、浅い人間関係しか築けなかった自分にとって初めての「親友」と呼べる存在だ。向こうがどう思っているかは知らないが、少なくとも自分にとってはそうであり、そんな相手がいなくなるとしたら、やはり寂しい。当然寂しい。

――要するに、時雨といると楽しいんだよ、おれ。だから――いなくなると困るし、そんなのは嫌なんだよ。

――……いなくならないよな？

去年の夏、自殺を促す妖怪・縊鬼（いっき）に取り憑かれて自暴自棄になった時雨に向かって告げた言葉や、十二月、短い期間しか顕現できない妖怪・氷柱女の果織が消えてしまった後に縋るように漏らした言葉をふと思い出す。あれは間違いなくおれの本音だったよな、と汀一は自分に確かめた。

だが今回は事情が違う。魎子とともに金沢を去ったとしても、時雨は消えるわけでも死ぬわけでもない。弟子入りは時雨にとって不本意な選択ではなく、むしろその逆なわけで、だったら止める理由は何もない。それは自分でもよく分かっている。分かっているのだけれど。でも……。

ここしばらく続けている煩悶が胸のうちでぐるぐる回り、汀一は結局何も言わないまま、再び溜息を落とした。その心情を慮ったのだろう、時雨が顔を伏せて作業に戻る。

その横顔をちらりと眺め、「どうしたらいいと思うって聞かれてもなあ」と汀一は心のうちでぼやいた。

これはヒンナの件で亜香里に相談を受けた時に痛感したのだが、好意を抱いている相手から意見を求められるというのは、とても光栄なことではあるけれど、同時に辛く悩ましいことでもある。自分になんとかできるならともかく、手助けも助言も意見もできない時はなおさらだ。

いっそもう、「僕は弟子に行くことにしたから」って決定事項を報告してくれていたら、おれはこんなに悶々としなくて済んだのに。いやその言い方は時雨に悪いだろ。分かってるけどさあ……。

汀一が内心で自問自答を重ねていると、見るでもなく眺めていた視線の先、半開きになった格子戸が静かに開いた。

「ごめんください」

しわがれた声とともに入店してきたのは、焦げ茶色の着物姿の老人だった。背丈は汀一と同じくらい、年齢は見たところ七十歳前後。頭には一本の髪もなく、短い口髭を生やし、黒い杖を突いている。

「いらっしゃいませ」

反射的に立ち上がって声を掛け、汀一は入ってきた老人を見つめた。記憶にはない顔である。髪型や服装からするとお坊さんかなと汀一は思ったのだが、その隣の時雨は軽く目を細め、小さな声をぼそりと発した。

「妖気を帯びている。妖怪だ」

「え、そうなの？　じゃあ時雨が知ってる人？」

「いや、僕も初めて見る。――初めまして。失礼ですが、僕と同じもの、、、とお見受けしましたが……」

席から立った時雨が抑えた声で語りかける。曖昧な問いかけを投げかけられた僧侶風の老人は、顔をしかめるでもなく、やんわり温厚な微笑を浮かべた。

「いかにも私は妖怪です。そちらも器物の精とお見受けしました」

「はい。傘の妖怪です。傘化け、唐傘小僧などと呼ばれることもあり、名前は一定していませんが……『そちらも』ということは、貴方も？」

「左様。古い坊主の悔恨や遺念が木魚に宿って生まれました意気地なしの老いぼれ妖怪、木魚達磨でございます」

僧侶風の老人――自称「木魚達磨」はそう言って寂しげに自嘲し、「お見知りおきを」

と一礼した。会釈を返しつつ時雨が軽く眉根を寄せる。

「木魚達磨……ですか？」

「有名な妖怪なの？」

「江戸時代の妖怪絵本『百器徒然袋』にある古い木魚の妖怪だ。仏僧が日常的に用いていた道具がこのような姿に化けるのだ、払子守と同じようなものだろう、と記されている」

「払子守っていうのは」

「それも仏具の変じた妖怪の名前だ。『百器徒然袋』自体は有名だから、木魚達磨という妖怪のことは知識としては知っているけれど、僕は実際に会ったことも、いると聞いたこともない……。ともあれ、ようこそ、蔵借堂へ。今日はどうされたのです？　古道具の変化ということは、本性のお手入れでしょうか」

　カウンターを出た時雨が問いかける。古い道具が化けた妖怪の中には、自身の体というか正体のケアのため、定期的に蔵借堂に通ってくるものがいるのだ。だが木魚達磨は首を弱々しく左右に振った。

「申し訳ないですが、私、客ではないのですよ。塵塚怪王殿……千里塚魎子殿が、最近、ここに出入りされていると聞きまして」

「千里塚さんですか？　ええ、確かに……。もっとも、ここに常駐しているわけではないですが、それが何か」

「あの方はお元気でいらっしゃいますか？」

「元気ですが……」

訝りながらも時雨が素直に応じると、木魚達磨はそれはもう大きな安堵の溜息を落とした。「良かった……！」と感極まった声が静かな店内に響く中、時雨は軽く首を傾げ、カウンターの汀一と顔を見合わせた。汀一がおずおず声を掛ける。

「事情がよく分からないんですが、千里塚さんに用事なら、連絡しましょうか？　あの人、市内にいるので、呼んだら来てくれると思いますけど……。だよね時雨」

「ええ」

「そんな、呼ぶだなんて滅相もございません……！」

時雨の相槌に被せるように木魚達磨が慌てて首を横に振る。ぼそぼそと話していた老人のいきなりの剣幕に、店番の少年二人が驚いて押し黙ると、僧形の老人は「あの方が元気ならそれでいいのです」と付け足した。

「私はかつて、千里塚殿に取り返しのつかないことをしてしまった身。とてもとても、あのお方に会わせる顔はございません故に……。では、失礼いたしました」

そう言って深々と頭を下げると、汀一や時雨の返事も待たず、木魚達磨はそそくさと蔵借堂を後にした。足早に去っていく後ろ姿に、「逃げるように」という表現はこういう時に使うんだろうな、と汀一は思った。

＊　＊　＊

その日の夕方、魎子が蒼十郎とともに蔵借堂に顔を出した。

今日は蔵借堂で夕食を食べていくことにしたそうで、魎子は近江町市場で買った魚介類をどっさり提げて「去り行く冬を惜しんで今年最後の海鮮鍋じゃ。わしはこのがすえびを味噌で煮たのが好きでのう」と嬉しそうに笑ったが、汀一たちから日中の訪問者の話を聞くと、きょとんと大きく目を見開いた。

「木魚達磨？　茶色い着物のご老体？　知らんのう」

「え？　千里塚さんも知らないんですか？　あの感じだと、てっきり昔関わったことがあるもんだとばかり……。なあ時雨」

「ああ。会ったこともないんですか？」

意外そうな顔で時雨が問うと、魎子は「ない！」ときっぱり言い切り、その上で不可解そうに眉根を寄せた。

「じゃがまあ、そういうのがおるということは知っておる」

「『そういうの』？」

「うむ。おぬしらも知っての通り、わしは日本中に知り合いがおるんじゃがな。わしが立ち寄った後、知り合いのところに見ない顔の妖怪が来て、わしの安否を聞いていった……

という話をちらほら聞いておるんじゃ。おそらくそれが」

「今日来たあのお爺さん――木魚達磨さん、ってことですか。でもあの人、なんでそんなことを？　千里塚さんのストーカー……？」

「早計な判断は控えるべきではあるが……何にせよ、気持ちのいい話ではないな」

眉をひそめたのは蒼十郎である。それはそうだと汀一や時雨はうなずいたが、ストーキングされている当人である魎子は気にする様子もなく明るく笑った。

「そんなもの、いちいち気に掛けておったらやっておれんわい。ふらつきながら長生きしておると、付き合いの浅い相手も増えるし、怨みを買った覚えもそれなりにある」

「そうなんですか」

「そうなんじゃよ汀一。こっちは忘れてしもうたが、向こうはそうでもない、ということもあろうしな。大方そのご老体も、古い知り合いの知り合いか身内か何かじゃろうし、わしの前に顔を見せんのも、わしの安否を気に掛けるのも、何かしらの事情があるんじゃろう。気にしても仕方ないし、何かあったらその時はその時じゃ」

けろりと言い切る魎子である。長寿の流浪妖怪ならではの割り切りに、汀一が「はは―」と感嘆とも呆れともつかない溜息を漏らすと、魎子はその顔を面白そうに眺めた上で店の奥へと入ろうとしたが、ふと足を止め、真剣な面持ちを時雨へと向けた。

「――時雨。わしは三月の末日に金沢を出ることにした」

「え」

落ち着いた声での報告に時雨がびくっと硬直する。

それはつまり、三月末までに――あと一週間のうちに――答を出せ、と言うことだ。

何も言えずに立ち尽くす時雨を前に、魎子は軽く肩をすくめ、こう続けた。

「来てくれると嬉しいが無理強いはできん。おぬしが考えて決めろ」

＊　＊　＊

「すぐそこの浅野川で開かれる、地元団体主催のイベントです。大変雅やかな催しで、ぼくはこれが毎年楽しみなのです」

「うん。毎年四月の上旬にね」

「エンユーカイ？」

魎子が時雨に返答の期限を示した次の日、和風カフェ「つくも」では、和装に眼鏡の長身の少年と、お盆を抱えたエプロン姿の少女が、Ｔシャツ姿の男児と話していた。祐と亜香里が小抓に対し、金沢の春の魅力を語って聞かせているのである。

汀一は、その隣、カウンターにほど近いテーブルに一人で座り、祐たちの語りを聞くともなく聞いていた。今日もバイトで来たのだが、時雨が「一人で考えたい」と言ったので、時雨を蔵借堂に残してこっちに移動してきたのである。

「園遊会ねえ」

祐たちのプレゼンを聞いて苦笑したのは、カウンターの中でカップを拭いていた瀬戸だ。複雑な感慨の籠もった短いコメントに、汀一は顔を上げた。

「何かあるんですか、それ」

「いや、春らしい賑やかな催し物なんだけどね。地元で店を構えてると、寄付金とか協力金とか色々ね……。絶対出さなきゃいけないわけでもないんだけど、古い街ならではのしがらみというか、付き合いというか」

「あー、そういうのもあるわけですね」

「春はそもそも苦手なんだよね僕。花粉症だから」

「瀬戸さん、花粉症なんですか？　陶器の妖怪でもなるんですね……」

「そりゃなるよ。本性はともかく、肉体的には人間と同じなんだから」

赤い目の瀬戸が肩をすくめ、汀一はなるほどとうなずいた。隣のテーブルでは、祐の向かいの席の小抓が「よく分かんねえな」と腕を組む。一日のほとんどをカワウソの姿で過ごしている小抓だが、今日は人間スタイルの気分のようだ。

「その園遊会って、要するに何があるんだよ」

「浅野川に浮橋が掛かるの。小さい頃はあれを渡るのが好きだったなあ」

「それに、川縁に舞踊や水芸の舞台が組まれるのです。分かりますか小抓くん。浅野川で水芸ですよ！」

「分かんねえけど」

「浅野川で水芸と言えば、かの泉鏡花の出世作たる名編『義血俠血』の悲劇のヒロインにして水芸人、『滝の白糸』ではありませんか！」

「知らねえし、なんかあんまり面白くなさそうだな……」

勢い込む祐とは対照的に冷めていく小抓である。なんてことを、と祐がテーブルに身を乗り出した。

「君はどうもまだ分かっていないようですね。よろしい、『義血俠血』を読み聞かせてあげましょう。初期の鏡花を代表する傑作ですよ」

「読み聞かせって、本なんか持ってねえじゃん」

「ご安心を。代表的な短編は記憶しています。いいですか？」

「よくねえし！　亜香里、祐がまたおかしくなった……！」

祐の剣幕に気圧されたのだろう、カワウソの姿に戻った小抓が亜香里の足にすがりつく。

亜香里はよしよしとその頭を撫でてやり、祐にやんわり釘を刺した。

「小春木先輩、今日のところはそのへんで。小抓のトラウマになっちゃいそうなので」

「む。残念ですが、向井崎くんがそう言うのなら」

「聞きわけが良くて助かります、先輩。小抓には兼六園の方がいいかもね」

「兼六園？　確か、入るのに金取る公園だよな。許せねえ」

「そういう覚え方してるんだ……。でも大丈夫。いつもはお金がかかるけど、桜の時期は無料開放されるの。食べ物の出店もいっぱい出てね、楽しいよ」

「へえ！　食えるのはいいな」

「でしょう。汀一も一緒に行こうね」

「え？　あ、ああ……うん」

いきなり亜香里に話を振られ、汀一は狼狽えながらうなずいた。

先日のヒンナの件が解決して以来、亜香里の汀一への態度は少し変わっていた。気さくなのは前からだが、しっかり者のお姉さんポジション的なオーラが薄くなったというか、対等で親しい友人として接してくれるようになった気がする。そのことはとても嬉しいのだけれど、あいにく今は単純に喜んでいられる精神状態ではないわけで……。溜息を一つ吐き出すと、それに気付いた亜香里が短く尋ねた。

「また重たい顔してる……。時雨のこと？」

「うん……。あのさ、亜香里はどう思う？」

とっくに空になっていたカップになんとなく手を添え、顔を上げて問いかける。と、亜香里は、蔵借堂とカフェを隔てる壁へと目をやった後、汀一へと向き直り、少し困ったような笑みを浮かべた。

「本人の進路の問題だからね……。時雨は小さい頃から一緒だった相手だから、この家からいなくなるのなら寂しいけど、でも、時雨にとってはいいことだとは思うんだよ。嫌な進路を選ばされるわけじゃないんだから」

「それはまあ」

「でしょ？　それに、いずれはわたしも時雨もここを出るのかなって、昔から漠然と思ってたから……それが思ったよりも早かっただけなのかなって」

「そっか……」

「……なるほど」

汀一の相槌に続いて祐の静かな声が響く。時雨が悩んでいる事情については祐も既に知っている。雄弁だが思慮深い性格の祐は、今は純粋な妖怪でも蔵借堂の住人でもない自分がコメントするべき場面ではないと判断したのか、神妙な顔を小抓に向けた。

「小抓くんはどう思います？」

「知らねえ。妖怪は所詮一人だ」

心底どうでも良さそうに言い放つカワウソである。シビアなやつめ、と汀一が肩をすくめると、小抓は床の上に座ったまま「でもよ」と続けた。

「旅するのは楽しそうだよな！　ずっと同じ家にいると息が詰まっちまう」

「小抓らしい意見だね……。ありがとう、参考になった」

「嘘ばっかり。と言うかさ、汀一は気負いすぎなんだよ。時雨が決めることでしょ？」

幾度目かの溜息を落とした汀一に、亜香里が呆れたように語りかける。

うん、それは確かにその通りだ。でも、と汀一はテーブルの傍に立つ亜香里を見上げて言った。

「でもおれ、時雨にどうしたらいいと思うって聞かれたからさ。聞かれたからには答えるべきだと思うし……答えたいんだよ、ちゃんと。おれが何を言ってどうなる話でもないってことは分かってるけど、時雨もすごく悩んでるんだろうから」

「——変わったなあ」

「おれも……え？」

汀一の語りを受け、亜香里がふとしみじみとした声を漏らす。顔を上げる汀一を見返し、時雨と姉弟同然に育った少女は肩をすくめ、優しく笑った。

「多分、去年までの時雨なら即決してたと思うんだよ。妖具職人になりたいって前から言ってたし。でも時雨、今はすごく悩んでるじゃない？　それって多分……ううん、きっと、汀一っていう友達が出来たからだよね」

「おれ？　そうなの……？」

「そうです」

目を丸くした汀一に向かって亜香里がきっぱり断言する。それを受けた汀一は「そうか」とだけ声を漏らし、空になったカップを見つめた。

そうだとしたらなおのこと、おれはしっかり答えないといけない。

胸の内へと響く声に促され、汀一が真剣な面持ちで黙り込む。そんな汀一の姿に、亜香里は温かい目を向け、小抓は軽く首を傾げ、祐は瀬戸と顔を見合わせた。

「真摯ですね」

「時雨くんはいい友人を持ったよね……」

「全くですね。ところで、瀬戸さんはどうお考えなのですか？」

「うーん。僕としては、高校は出ておいた方がいいとは思うんだけど、これはもう自分の生き方の問題だからねえ」

そんな声を聞きながら汀一は思案を続けたが、結局その日も答は出ないままバイトの終わりの時間がやってくる。汀一は「全然蔵借堂にいなかったですし、仕事もしてないので、今日の分のバイト代はいらないです」と瀬戸に告げ、一人、カフェを後にした。

＊　＊　＊

亜香里たちと別れてカフェを出た後、汀一は歩いて祖父母宅へと向かった。バスを使えば早いのだが、一人で歩きたい気分だった。

日暮れ時とは言えまだ暖かく、あちこちで桜が咲き始めており、いよいよ春が来たのだという事実を否応なしに痛感させてくる。旅行客らしい通行人が多く行き交う賑やかな街並を、汀一はただ悶々と歩いた。

武蔵の交差点の地下を抜けて南西方向の路地へ入ると、雑居ビルの陰に五十センチほどの火の玉のようなものが浮かんでいた。

「え。何？」

どうやら新手の妖怪のようだ。一瞬身構えた汀一だったが、火の玉はふわふわ浮かんでいるだけで何をするわけでもないし、近づいてみても特に熱は感じない。妖怪は妖怪だけど無害なやつっぽいな、などと思っている間に火の玉はスッと消えてしまった。

「なんだったんだ……」

人騒がせな、と呆れながら、汀一はさらに南西に向かった。少し歩くと、玉川公園に差し掛かる。兼六園や浅野川沿いほどの量ではないにせよ、この広々とした公園にも桜は植えられており、家族連れや地元の学生らしき人たちが見物に訪れていた。

そんな華やかな空間の片隅、桜とは縁遠い位置にひっそり置かれたベンチに、見覚えのある人影が一つ、ぽつんと座っていた。

「あれ?」

公園を突っ切ろうとしていた汀一が、ふと足を止めてベンチを見る。

焦げ茶色の着物を纏い、頭には髪が一本もなく、手には一本の黒い杖。昨日蔵借堂に来た時と全く同じ風体でベンチに座る老人は、数メートル先で立ち止まって自分を見ている少年の視線に気付くと、昨日同様に暗い顔をゆっくりと上げ、声を漏らした。

「君は確か……あの古道具屋さんの……?」

「あ、どうも……。やっぱり、昨日お店に来られた方ですよね」

見つめられた汀一が、僧形の老人——木魚達磨に会釈を返す。木魚達磨は社交辞令的に一礼し、直後、はっと目を見開いた。

「えっ。ま、まさか——」

「はい？　な、なんです……？」

「この気配……！　き、昨日は、お店に漂う妖気のおかげで気付いていませんでしたが……君は、もしや、人間なのですか？　妖怪ではなく？」

　軽く腰を浮かせ、興奮した面持ちで木魚達磨が問いかける。陰気な老人のいきなりの剣幕に汀一はたじろぎ、おずおずと木魚達磨に近づいた。近場に人はいないものの、妖怪だ人間だというような会話は、あまり大きな声ではしたくない。

「ま、まあ、そうですが……それがどうかしましたか？」

「しましたとも！　あんなにも自然に、当たり前のように、妖怪のコミュニティに溶け込んでいる人間がいるとは知りませんでした……！　君ならば、もしかして——いや駄目だ。やめておきましょう。そんな危険は冒せない……」

　杖を突いて立ち上がった木魚達磨は、いきなり沈鬱（ちんうつ）な表情に戻り、再び腰を下ろしてしまった。何かを言いかけて断念したようだが、汀一には何がなんだか分からないままだ。困惑した汀一を前に、木魚達磨が力なく頭を下げる。

「驚かせてしまいましたね。申し訳ございません」

「い、いえ……。あの、おれがどうかしたんですか……？」

「いいえ、何でもございません。お引止めしてしまい、失礼いたしました。どうぞお行きください」

「は、はあ……。でも」

「良いのです。これは私の問題……私が背負うべき責任なのですから……」

ベンチに深く腰掛けたまま木魚達磨が肩を落とす。相変わらず要領を得ないが、深い罪悪感を抱えていることだけはよく分かる。汀一は言われた通りに歩き出そうかとも思ったが、その場で軽く頭を搔き、あの、と木魚達磨に声を掛けた。

「おれで良かったら、話、聞きましょうか……？」

「えっ？」

「何か抱えてる時って、誰かに話すだけでもすっきりしたりしますし」

「ありがたいお申し出ですが……君にも用事があるでしょう」

「ないです。と言うか、実を言うと、おれも悩んでるところなんですよね。で、まっすぐ家に帰りたくない気分というか、一人でいると考えが堂々巡りになっちゃうのはよく分かるので……」

そう言って汀一がしまりのない苦笑いを浮かべると、木魚達磨は「なるほど」と柔らかな微笑で応じたが、少し間を置いた後、口髭に隠された口から抑えた声を発した。

「お気遣いは大変にありがたく思います。……ですが、やはりやめておきましょう。君の心労をいたずらに増やしたくはありませんし、それに、これは誰かに話してどうなることでもないのです。私は、取り返しのつかないことをしてしまったのですから……」

「取り返しのつかない……？　あの、一体何をやったんです？　千里塚さんは全然心当たりがないって言ってましたけど」

「君が働いているあのお店は、古道具を扱っているのですよね」

おずおず尋ねた汀一だったが、木魚達磨はその問いかけに答えることなく、逆に質問を投げ返してきた。どうやら魎子との関係を説明する気はないようだ。それはまあ、と一応うなずく汀一を見て、木魚達磨はさらに続ける。

「古道具は、売り買いを経て持ち主を変えていくものです。ですが、どんな道具であっても、最初に誰かが作り出さなければ、この世界に存在することはありません。そして、道具が為したあらゆることの責任は、それを作り出した者に付きまとう」

「え？　いや、それは……そうなんですかね……？」

「そうなのです。一般論はいざ知らず、責任というのは、他者が認定することもありますが、当人が勝手に感じてしまうこともあるものですから、そう思ってしまったらそうなるのです。もしも、自分が作ったものが、取り返しのつかない行いを為すものであったなら、作り手はずっと後悔し続けることになるのです。いつまでも、いつまでも、永遠に」

強く重たい実感を伴う声で、木魚達磨が静かに言い切る。

……その「作り手」って、あなたのことなんですか？

汀一の胸中にそんな疑問が当然浮かぶ。だが汀一にはそれを口に出して聞くことはできなかったし、聞くまでもないと汀一は思った。

この老いた妖怪は、かつて何かを――周りからどう見えるかはさておき、当人的には絶対にやってはいけなかったことを――やってしまったのだろう。そしてそれをずっと後悔し続けているのだろう。

静かで寂しげな物腰の裏に見え隠れする化石のような悔恨に汀一が言葉を返せないでいると、木魚達磨は杖を握り、ゆっくりと立ち上がった。

「お耳汚しをいたしました。日も落ちてきましたので、私はそろそろ失礼いたします」

「は、はあ……。あの」

「君もどうか、悔いは残さないように過ごしてください。おこがましい助言ではありますが、『あの時、ああすれば良かった』という後悔は、人が思っている以上に自分を苛み続けるものですから……。では」

そう言って軽く一礼し、木魚達磨は静かに歩き去っていった。

どこか物悲しいその後ろ姿を見送りながら、汀一は木魚達磨が発した言葉を胸中でリピートしていた。

道具の作り手の責任云々の話は、具体的な情報がまるでないので、正直ぴんと来ないままだ。だが、去り際に木魚達磨が投げかけた言葉は、胸の奥底へと妙に深く響いた。

あの時ああすれば良かったという後悔は、思っている以上に自分を苛み続ける。

ありふれた一般論なのかもしれないけれど、見るからに後悔を抱え続けている老人に言われると説得力も段違いである。

そうなのか。多分そうなんだろうな。だったら、おれは――。

自分自身に心の中で語りかけながら、汀一はようやく歩き出した。その足取りは公園に入る前までよりも確実に軽くなっており、やがて家に帰り着く頃には、一つの答が汀一の中でしっかり形を取っていた。

「ただいま！」

きっぱり告げる汀一を見て、祖父と祖母は、最近暗かったけどすっきりした顔になったな、と安堵し、それを聞いた汀一は、知らない間に心配をかけていたことを反省した。

そしてその夜、夕食を取り、風呂に入った後、汀一は自室から時雨に電話を掛けた。数コール目で出た時雨に、汀一はなんの前置きもなくこう告げていた。

「行ってきなよ」

からりと明るく短い一声が、汀一の部屋と時雨の部屋とに同時に響く。電話の向こうで時雨は短く息を呑み、少しの間沈黙した後――言葉を選んでいるのだと汀一には分かった――不安げな声を発した。

「そう言ってくれるのか……？」

「うん！　だってさ、時雨、行きたいんだよね。不安もあるけど、でも、行ってみたいんだよね？」

「……ああ。……分かるか？」

「分かるよそりゃ！　どれだけ一緒にいたと思ってるんだ――って、それほど長い付き合いじゃないけど、でもさ、やっぱり分かるんだ。で、時雨が行きたいって思ってるなら、おれはそれを応援したい。友達だからさ」

自分でも驚くくらいにはきはきとした声を汀一は発していた。

正直、延々悩んだ割に、あまりに平凡な答だということは自覚している。この程度のことを言うのに時間を掛けすぎたとも思う。でもまあ、そこも含めておれなわけだし。開き直るように自嘲しながら汀一は言葉を重ね、「だからさ」と続けた。

「行ってらっしゃい」

「汀一……！」

感極まった小さな声がスマホのスピーカーから響く。

そして数秒の間を挟み、時雨は電話越しにはっきりと言った。

「ありがとう」

軽やかで伸びやかで、すっと通った感謝の言葉が、まっすぐ汀一の耳へと滑り込む。憑き物が落ちたかのようなその声に、汀一は今の時雨の表情を思い浮かべて笑い、さらに言葉を重ねた。

「で、そうと決まったら」

「なんだ？　まだ何かあるのか」

「あるよ！」

訝る時雨に汀一が言う。本題はここからだ。

その翌日からの一週間、汀一は時雨を連れて金沢の街を駆け回った。

瀬戸に頭を下げて休みをもらい、溜め込んでいたバイト代を使いつくす勢いで、これまで何度も通ったところも、一度くらい行ったところも、行ったことのないところも、それこそこの街の全部を時雨の目に焼き付けさせるべく、汀一は時雨を連れ回した。

三つの茶屋街をめぐり、兼六園を回り、尾山神社に参拝し、21世紀美術館で現代アートに困惑し、四高記念文化交流館に行き、歴史博物館にも行き、忍者寺にも行き、その他の観光名所も制覇し、鼓門の下で二人で写真を撮った。卯辰山に登ってへとへとになったりもしたし、街の海側、東金沢駅や西金沢駅近辺にまで足を運んだり、熊が出そうな山を自転車で回って「いやー何もなかったね」と笑ったりもした。

さらに汀一は、目を付けていた市内各所のスイーツショップにも怒濤の勢いで時雨を付き合わせた。「甘いものは苦手なんだが……。そもそも、男子同士でこの手の店に入るのは恥ずかしいと主張していたのは君だろう」と拒む時雨を、「これが最後なんだぞ！」と説き伏せ、パンケーキを食べ、フルーツのどっさり載ったパフェを食べ、シナモンロールを食べ、チョコレートを食べ、ぜんざいを食べ、抹茶アイスを食べ、最中を食べた。時雨が「ポスターは何度も見たが、そう言えば食べたことはないな」と言った金箔ソフトクリームも二人で食べた。値段の割に味は普通だった。

また、そんな道中の合間に、二人はとにかく言葉を交わした。

「この前街中で見かけた火の玉の話ってしたっけ」

「熱くもなくてすぐ消えてしまったという話だろう？　聞いた」

「そっか。もうどれを話したか覚えてなくて……あのさ時雨」

「急に改まったな。なんだ」

「おれ、実は亜香里が好きなんだけど」

「何が『実は』だ。よく知っているが？」

「最後まで聞いてよ！　ヒンナの事件の後から、亜香里、なんか距離感が近いんだよ」

「嫌なのか？」

「すげえ嬉しい」

「だからなんだ。のろけか？　……まあ、あれだ。亜香里は僕が言うのもなんだが、いいやつだ。しっかりしていて頼れるが、反面、危ういところもある」

「知ってる」

「そして君も相当危うい。おそろしく浅はかで、その上、ほだされやすい」

「何？　説教？」

「違う。君こそ最後まで聞け。汀一は、確かに危なっかしいところもあるが、亜香里に負けないくらいにいいやつだと僕は思う」

「あ、ありがとう……。照れるね、なんか。てか、何が言いたいわけ」

「君なら大丈夫だ。亜香里を頼む」

「頼まれても！　むしろおれのことを亜香里に頼みたいくらいなのに！　……でもさ、そういう時雨も大丈夫だよ」

「何がだ」

「時雨もいいやつだってこと。どこに行っても友達できるよ」

「……本気で言っているのか？」

「それは……」

「黙るな。目を逸らすな。苦笑いもやめろ。不安になる」

そんな、とりとめがなく他愛もない会話を、二人はひたすらに重ねた。

どちらも口に出しては言わなかったが、残された時間を一秒でも無駄にしたくないと二人が思っていたのは間違いなかった。そんな一週間の間じゅう、汀一はずっと笑っており、時雨もたまには笑った。汀一が「楽しい？」と聞くと、時雨は「ダイレクトな聞き方だな」と呆れ、その後、はにかむように微笑を浮かべて、金沢弁でぼそりと言った。

「……楽しいわ。あんやとな」

＊　＊　＊

三月三十日。金沢市内の桜が満開を迎えたその日、貸切状態となった和風カフェ「つくも」でささやかな送別会が開かれた。そしてその翌日、いよいよ時雨たちが出立する日の朝早く、汀一のスマホに時雨からメッセージが届いた。

「今から少し会えないだろうか」

その短いメッセージに汀一はすぐさま返信し、朝食も取らずに家を出た。急ぎ足で待ち合わせ場所に向かうと、時雨は、浅野川大橋のたもと、火の見櫓(やぐら)の近くに立っていた。

「ごめん、待ったよね」

「いや。急に呼び出してしまってすまないな」

息を切らせながら掌を立てて謝る汀一に、いつものように傘を手にした時雨は、いつものように真面目に応じ、前髪越しの視線を浅野川へと向けた。

岸辺にずらりと並んだ桜は今まさに満開で、穏やかな川面にその様を堂々と映している。ここは市内でも定番の花見スポットの一つだが、さすがにこの時間だと訪れる者は少ないようだった。あたりは静まりかえっており、川がさらさらと流れる音だけでなく、花が時折舞い散る音までもが聞こえそうだ。浅野川の水は今日も綺麗に澄んでおり、石の並んだ川底がよく見える。物心付いて以来の馴染みのある川と、その周辺の風景を見やりながら、時雨は照れ臭そうに言った。

「……ずっと見てきた場所だからな。町を離れる前に、最後にここの光景を目に焼き付けておきたくて」

「なるほどね」

汀一がさらりと相槌を打つ。時雨の言葉は汀一を呼んだ理由にはなっていなかったが、そこを突っ込むつもりはなかった。

じゃあ少し歩こうか、と汀一が促すと、時雨はうなずき、二人は浅野川の南岸の小道を上流に向かってぶらぶらと歩き出した。

浅野川稲荷神社の前を通り、木造の梅ノ橋を行き過ぎる。川向こうには古いお茶屋や古い旅館、新しい店、人が住んでいるのかどうなのかよく分からない建物などが、ずらりと軒を並べており、その奥にそびえるのは卯辰山。

見慣れた光景ではあるものの、桜と一緒に見るのは汀一にとって初めてだ。風情に満ちた情景に、汀一はしみじみと感嘆の声を漏らしていた。

「改めて思ったけど、綺麗なところだね……。川があって桜があって、山があって町があって……」

「えっ？　ああ、そうか。汀一には初めての金沢の春だものな。僕にしてみれば、毎年親しんできた光景なんだが」

そこで一旦言葉を区切り、時雨は「次に見られるのはいつになるだろう」とつぶやいた。抑えた声での自問に、汀一は桜から時雨へと視線を移した。

「いつ帰ってこられるか分からないんだよね。連絡はできるの？」

「どうだろうか……。千里塚さんは、金沢を出た後は、隠世（かくりよ）に近い場所に入ると言っていたから」

「隠世ってなんだっけ」

「去年の秋、湯涌（ゆわく）温泉で狭霧（さぎり）さんの作った世界に迷い込んだことがあったろう。あれと同じ仕組みだ」

「ああ、プライベート異世界みたいなあれか」

一部の妖怪は、現世とは違う空間を自分の力で作り出し、そこに住んだり誰かを招き入れたりできるということは、汀一も狭霧との出会いを経たので知っている。魎子の知り合いならその手の力を持っていても不思議ではない。

「ああいうところに行くなら、携帯も通じないよね」

「だろうな」

あえて明るく尋ねると、時雨は短くうなずいた。ほんの少しの間の沈黙を挟んだ後、汀一は時雨を見上げて胸を張った。

「今度金沢に来た時は、おれが時雨を案内するからね。約束だ」

「何？　いや、気持ちはありがたいが、案内してもらう必要があるのか……？　別に僕の記憶が失われるわけじゃないんだぞ」

「あ、そりゃそうか。そうだ、新学期、学校で時雨のこと聞かれたらどう言えばいい？」

「家の事情で転校したと言っておいてくれ。そうそう聞かれることもないだろうが、気にしてくれる人がいたら、濡神がよろしく言っていたと伝えておいてくれると嬉しい」

「了解」

そんな風に言葉を交わしながら、二人はゆっくりと川辺を歩いた。やがて、浅野川大橋から数えて二つ目の橋、天神橋に差し掛かったあたりで、時雨はふと足を止めた。

「付き合ってくれてありがとう、汀一。もういい」

「もういいって……ここで？　せっかく来たんだし、蔵借堂で見送るつもりだったんだけど。今日もバイトだし」

「そうされると寂しくなってしまいそうだからな。ここにしてくれると助かる」

感情を抑え込んでいるのか、妙に淡々とした口調で時雨が語る。出発する本人がそう言うのであれば、見送る側はその気持ちを汲むべきだろう。汀一は「分かった」とだけうなずき、時雨を残して帰ろうとしたのだが、その時、ぽつりと雨粒が落ちてきた。

「え」

思わず視線を空に向けると、ついさっきまで晴れていたはずの空には雲が広がっており、次々と雨粒が降ってくる。手ぶらの汀一は、傘を手にした時雨へとゆっくり振り返り、それはもう決まりの悪い顔で口を開いた。

「時雨ー……」

「……入れ」

汀一が用件を口にするより早く、時雨は傘を掲げていた。赤黒い大きな洋傘が雨を遮って広がり、汀一はその下にいそいそと入る。雨粒に打たれた桜がはらはらと散っていく中、来た道を並んで戻りながら、汀一は時雨に、時雨は汀一へと視線を向けた。

「……ありがとね、時雨」

「どうしたんだ急に？」

「昨日までも散々言ったけどさ。時雨がいてくれたおかげで、楽しかったから」

「……それは僕もだ」

「良かった。気を付けてね」

「ああ。……ありがとう」

そう答える時雨の声はくぐもっており、どこか鼻声のようでもあった。涙を我慢しているのだろうなと汀一は思った。自分もそうなのでよく分かる。

「電話でも言ったけどさ……行ってらっしゃい」

「行ってきます」

そう言って二人は再度顔を見合わせ、涙をこらえたまま、ぎこちなく笑った。


その小一時間後、時雨は蔵借堂の面々に深く頭を下げて感謝を告げ、大きなリュックを背負って、魎子とともに旅立った。

店の前での見送りを終えた後、汀一が蔵借堂のカウンターでぼんやりと佇んでいると、売り場の丸椅子に腰かけた亜香里が格子戸を見やってしみじみと言った。

「行っちゃったねー」

「だね」

カウンターの天板に肘を突いた姿勢のままで汀一がうなずく。

今蔵借堂の売り場にいるのは、汀一と亜香里の二人だけだ。静かな店内で、エプロン姿の亜香里は汀一に向き直り、「そう言えばさ」と問いかけた。

「汀一はバイト続けるの？」

「え？　うん。そのつもりだけど」

「そっか。良かった！」

「良かったの？」

「汀一がいてくれた方がわたしも楽しいしね」

きょとんとした汀一に亜香里が親しげに笑いかける。フレンドリーでフランクで温かいその笑顔に、汀一はかっと顔を赤く染め、上がりかまちへと振り返っていた。

「時雨、今の聞いた？　亜香里が――」

反射的に時雨に話しかけてしまった汀一の声がぶつんと途切れる。

馬鹿か、と汀一は自分で自分を叱った。

いつもそこに座って真面目な仏頂面をしていたあいつはもういない。

それは分かっているはずなのに、何をやっているんだ、おれは……。

自分で自分に呆れるのと同時に、目頭が急激に熱くなって目尻が潤む。パーカーの袖で濡れた目尻を慌てて擦ると、それを見た亜香里が少し笑った。

「無理しなくてもいいのに」

「無理って……だって、泣くのは変だよね。千里塚さんからのスカウトは、時雨にとってはいいことなんだから」

「それと汀一の気持ちは別でしょ？」

「え？」

「哀しくなるのは当たり前だよ。友達がいなくなったんだから。だって、時雨は、汀一の同級生で、クラスメートで、友達だったんでしょ？」

「あ――」

亜香里の口にした言葉を受け、汀一は言葉を失って固まった。

同級生でクラスメートで友達だった。

あえてしっかり過去形にされた表現が、あいつはもう高校生でもないし、同級生でもないという事実を、汀一の胸へと突き付ける。

そうだ、と汀一は強く思った。

友人であることには変わりはなくても、もうこれまでとは違うのだ。もうあいつはこの街にはいないんだ。とっくに受け入れたと思っていたはずの現実に、胸の奥から思いがこみ上げ、涙となって溢れ出す。

汀一は熱く潤んだ目をとっさに手で押さえたが、そんなことで止まるわけもない。堰を切ったように流れ出した涙は指の隙間を伝ってこぼれ落ち、汀一のパーカーの袖を、カウンターの古びた天板を濡らしていった。

汀一がしゃくりあげる声だけが、静かな店内に途切れ途切れに響く。

言葉もなく臆面もなく、汀一はただぼろぼろと泣き、それを見た亜香里は、「時雨はほんとにいい友達を持ったね」と羨ましそうに笑って、自身の目尻を強く拭った。

木魚達磨：杖払（じょうふつ）木魚客板（かくばん）など、禅床ふだんの仏具なれば、かゝるすがたにもばけぬべし。払子守（ほっすもり）とおなじきものかと、夢のうちにおもひぬ。

（『画図百器徒然袋』より）

第五話　学校の怖い話

白一色に染まった眼下の光景に、時雨は思わず息を呑み、足を止めた。

新緑に染まった山々の隙間では、綿のように濃密な朝霧がゆったりとうねり、そこにあるもの全てを埋め尽くしていた。流れの交わる三つの川も、その周囲に広がる三次の街並も、見下ろした先にあるはずのものは全て、霧に覆い隠されてしまってまるで見えない。時雨は「濃霧」という言葉の意味を生まれて初めて実感し、重たいリュックを背負ったまま絶景に見入った。

「おお、これはまた見事な……！　季節外れにしては立派なものじゃ」

時雨の隣に並んだ魎子が、眉の上に横にした掌を当てて感嘆する。その赤いコートとストールは、霧にけぶる山の中でもよく映えていた。ですね、と時雨は短くうなずき、中国山地を吹き抜けてきた山の朝の空気を胸いっぱいに吸い込んだ。

時雨を弟子に取った魎子が金沢を離れて向かった先は、ここ、広島の三次であった。

中国地方の中心部に位置し、蔵借堂の古株妖具「魔王の木槌」こと槌鞍の出身地でもあるこの街は、「稲生物怪録」と呼ばれる妖怪譚の舞台としても知られている。「稲生物怪録」は、少年武士・稲生平太郎（いのうへいたろう）が一か月に渡って出現し続ける妖怪に翻弄される過程を描いた長編であり、平太郎が肝試しのために比熊山（ひぐまやま）の祟り石に触れたことから物語が始まるのだが、魎子と時雨の二人は今、その比熊山に登っているところだった。

　山を背負うように建つ古い神社の拝殿脇から山へと入ると、八十八の石仏が道沿いに点々と配置された細い山道が蛇行しながら延びている。その道中の視界が開ける一角にて、トランクを足下に置いた魎子は朝霧に埋もれた街を眺めながら続けた。

「街の様子は来るたびに変わるが、こうなってしまえば百年前とまるで同じじゃなあ……。どうじゃ、金沢ではなかなか見られん光景じゃろう？」

「ええ。汀一に見せてやりたいですね」

　魎子に問いかけられた時雨が即答し、直後、赤面して口をつぐんだ。聞かれてもいないのに友人の名前を口にしてしまったことが恥ずかしいようだ。魎子は「照れることでもなかろう」と笑った後、視線を朝霧から時雨へと向けて軽く眉根を寄せた。

「まだ早かったかのう……」

　微かな自問の声がぼそりと漏れる。聞き取れなかった時雨は「今、何か？」と首を傾げたが、魎子は「独り言じゃ、気にするな」と笑い、愛用のトランクに手を伸ばした。着替えに生活用品一式、愛用の道具類、さらにはあのハコツルべまでをも収めた重量級のトランクを、細腕が軽々と持ち上げる。

「そろそろ行くか。日が昇って霧が晴れていく光景も見事じゃからな、見せてやりたいところじゃが、あいにく今から行くところは、昨日言うたように」

「朝霧の出ている間しか入り口が開かない、ですよね」

「そういうことじゃ」

リュックを背負い直した時雨に首肯を返し、魎子は先に立って山道を歩き出した。

「あと十五分も登れば例の祟り石じゃよ」

「もうですか？　案外麓(ふもと)に近いんですね。隠世への入り口も祟り石の近くに？」

「それはもっと奥じゃ。途中から道がなくなるのでな、わしを見失わんようにな」

「分かりました」

肩越しに振り返って言う魎子の言葉に、時雨はきりっとした顔でうなずいた。

この山の霧から通じる先に、魎子の旧知の妖怪が居を構えており、しばらくはそこに作業場を借りる予定だということは、弟子入りする前から聞いていた。麓の街ほど濃密ではないとはいえ、山中にも当然霧は漂っている。視界の悪い中、時雨はしっかり目を凝らし、前を行く赤い背中を追った。

「千里塚さん……じゃない、師匠」

「その呼び方はどうにも慣れんなあ。背中が痒くなる」

「しかし弟子入りさせてもらったからには師匠ですので」

「おぬしも変なところで頑固じゃなあ。なんじゃい」

「ここにはいつまで滞在する予定なんですか？」

「まあ、いつもの通り、二、三か月が限界じゃろうなあ。なんとかその間に、ハコツルべを制御できるよう細工を済ませてしまいたいところじゃが」

魎子が手に提げたトランクをちらりと見やり、小さな溜息を一つ落とす。その疲れたような口ぶりと、「限界」という言葉に、時雨は軽い違和感を覚えた。

魎子は自分の意志で定住しない生活を選んでいるものとばかり思っていたが、そうせざるを得ない理由があるのだろうか？　それに、ハコツルベの加工を急ぐ意味も気になると言えば気になる。危険な妖具であるとは言え、トランクに収めている限りは暴れ出すことはないはずなのに……。歩きながらそんな思いを巡らせた後、時雨は「あの」と再び声を発した。

「師匠。二つ聞いていいですか？」

「なんじゃいな」

「師匠はどうして一所に留まろうとしないのですか？　それと、ハコツルベの加工を急いでいるように見えるのですが、それには何か理由が……？」

リュックを背負って歩きながら時雨が前方に問いかける。と、尋ねられた魎子はふと足を止めて少し沈黙し、「そうじゃなあ」と独り言ちた後、ゆっくりと振り返った。釣られて立ち止まった時雨の前で、魎子は、いつものように温厚で快活で、そしてどこか疲れた笑みを浮かべ、薄く開いた口から自嘲交じりの声を発した。

「今のおぬしは余所の子ではなく、仕事仲間じゃからな。確かに、隠し事はフェアではないのう。すまんかった」

「え？　い、いえ、謝っていただくことではないかと……。と言うか、『隠し事』というのは一体？」

眉をひそめた時雨が訝る。魎子は無言でうなずいた後、再び前を向き、行こう、と仕草で促し歩き出した。歩きながら説明するつもりのようだ。時雨が続くと、魎子はその姿を肩越しに確認し、話し始めた。

「話せば長いことになる。事の起こりは、むかーし昔、五百年ほど前のこと……」

＊　＊　＊

「汀一。……汀一？」

「え」

渋い声で二度呼びかけられ、蔵借堂のカウンターでぼんやりしていた汀一ははっと我に返った。いつもの椅子に座ったまま、反射的に声の方向に振り返ると、工房に通じる上がりかまちに作務衣姿の蒼十郎が立っていた。

五月を示すカレンダーの前で、ギターケースほどもある包みを両手で抱えており、がっしりした肩にはカワウソ姿で笠を被った小抓が陣取っている。汀一は慌てて席を立ち、すみませんと頭を下げた。

「ちょっとぼーっとしてました」

「見りゃ分かるよ。客がいねえからってボケてんじゃねえぞ」

「ご、ごめん」

「よさないか小抓」

短い腕を器用に組んで呆れる小抓を蒼十郎が軽く諫める。それで何か、と汀一が見上げると、精悍な痩身の妖具職人は手にした包みを示して言った。

「預かっていた琵琶の修理が終わったのでな。すまないが届けてもらえないだろうか」

「あ、はい。分かりました。届け先は」

「ひがし茶屋街の古い店だ。住所と地図をメモしたものを包みに挟んである。届けたら、今日はそのまま帰ってもらって構わない」

そう言って差し出された大きな包みを、汀一は「了解です」と受け取った。風呂敷の上から防水用のビニールで包まれたそれは、大きさの割に案外軽い。しっかり抱えながら「楽器も直せるってすごいですね」と見上げると、蒼十郎はやるせない顔で肩をすくめた。

「見様見真似でやっているだけだ。昔は道具ごとに専門の職人がいたが、それだけでは稼ぎにならないと、引退する人が増えたからな……。おかげで俺のような便利屋に仕事が回ってくることになる。重宝してもらえるのは、ありがたい話ではあるのだが」

語尾を濁した蒼十郎が複雑な顔で頭を振る。職人としては現状に色々思うところもあるのだろう。汀一が無言で共感を示すと、蒼十郎は「しかし」と話を変えた。

「ここのところ色々使いを頼んでしまって申し訳ない。君は本来、店番のバイトなのに……。できれば俺が届けたいんだが」

「いいですよそんな。最近の北四方木さん、忙しそうですし」

真面目な顔で頭を下げる蒼十郎に汀一が苦笑を返す。実際、ここしばらくの間——一月余り前に時雨がいなくなってから——の蒼十郎は、見るからに多忙であった。蔵借堂にいた頃の時雨は、あくまで見習いではあったものの、ちょっとしたお使いや御用聞き、預かってきた物品の修理箇所のチェックや道具の手入れなど、蒼十郎でなくてもできる作業を一人で担当していたわけで、その人員がいなくなると、当然蒼十郎の作業量は増える。

手伝うべきかとは汀一も考えたのだが、自分は道具の扱い方も名前も、置いてある場所さえ知らないし、一から教えてもらっていては蒼十郎の作業の時間がさらに減ってしまう。さすがにお使いくらいは行けるものの、店の名前や場所が分からないので、今回のようにわざわざメモを付けてもらう必要があり、そこでも手間を増やしてしまうことになる。

「……ほんと、あんまり役に立たなくてすみません」

「気にするな。汀一はよくやってくれているし、君の方こそ……その、大丈夫か？」

少し言葉に迷った後、蒼十郎がおずおずと問うた。「大丈夫」とは？　漠然とした質問に汀一が眉根を寄せると、蒼十郎の肩の上で小抓が大袈裟に呆れてみせた。

「まただ。またそういうぼんやりした顔しやがって」

「ぼんやりって……元々こういう顔だよ、おれ」

「嘘吐け！　お前、時雨いなくなってから面白くなくなったぞ」

蒼十郎の肩を蹴ってジャンプした小抓が汀一の頭上に飛び乗り、長い体を曲げて汀一を見る。汀一は琵琶を落とさないよう持ち直し、視線だけを真上に向けた。

「そうかな」

「そうだよ！ 今だって、前なら『いきなり頭に乗るなよ』とか、『琵琶落としたらどうすんだ』って騒いでた場面だろ？ なのに『そうかな』一つだけって、くそ面白くねえ」

汀一の頭上で胡坐（あぐら）をかいた小抓がきっぱり言い切る。以前は目を離すと何をするか分からなかったこのカワウソも、そろそろ街での暮らしに慣れてきたようで、最近はトラブルを起こす回数も減っていた。それを受けて、瀬戸が少し前に「行き先を言ってから行くこと」「門限を必ず守ること」「人に見られないようにすること」という制限付きで一人で川に泳ぎに行くことを許可したのだが、おかげで「一人前として認められた」という自負が芽生えたようで、この頃の小抓は前にもまして態度が大きい。

いやまあ、元気なのはいいんだけどさ。そう苦笑する汀一の頭の上で、偉そうなカワウソはさらに言葉を重ねる。

「最近の汀一、張り合いなくてつまんねえんだよ。ちゃんと生きれてるか？」

「何その心配……。大丈夫だよ。学校もバイトもちゃんとやれてるし」

「……汀一。無理にアルバイトを続けなくてもいいんだぞ」

ぼそりと口を挟んだのは蒼十郎である。え、と汀一が見た先で、寡黙で武骨な妖具職人は「無論、うちとしてはとても助かっているんだが」と前置きし、言葉を探すように視線を泳がせた後、抑えた声で言葉を重ねた。

「たとえば、部活を始めてみるとか」

「あー。実はちょっと考えたんですけどね。学校で誘ってくれたやつもいますし……。でも、二年から入るのもなあ、とか思ってるうちに、もう五月になっちゃいましたし」

「別に遅くはないだろう。部活ではなくとも、今はせっかくの連休なのだから……何かこう、趣味のようなものを」

「趣味……。うーん、特にないですね」

「嘘を吐け」

ひとまず琵琶をカウンターに置きながら汀一が口にしたコメントにすかさず小抓が反論する。嘘って何だよ、と汀一が視線を上げた先で、頭上の小抓は体を伸ばして汀一を見返した。

「亜香里から聞いたぞ。甘いもの食べ歩くの好きなんだろ？」

「まあ、スイーツは趣味と言えば趣味だけど……でも、最近行ってないし」

「行きゃいいじゃねえか」

「気になってたお店は、時雨がいた頃に一通り回っちゃったし、あれで結構お金使っちゃったからね……。季節限定のスイーツも色々出てるんだろうけど、そんな気になれなくて……。だから、今の趣味は貯金かな」

「つまんねえ答！　なんだそりゃ！」

力なく笑った汀一の上で小抓が盛大に呆れかえってみせる。そのやりとりを見た蒼十郎は一瞬口を開いたが、すぐに閉じてしまった。

小抓の口の悪さを諌めようとしたものの、その言い分にも一理あると思ったのだろうか。あるいは、言わせておいた方が今のおれにとってはいいと思った……？

とかなんとか心の端で考えながら、汀一はカウンターの下に転がしていたリュックを引っ張り出して背負い、改めて琵琶の包みを手に持った。

「じゃ、これ、届けてきますね。お先に失礼します」

「ああ。気を付けて行ってくれ」

「はい。小抓もまたね」

「へいへい。挨拶まで面白くねえし……。……なあ汀一、お前さ、これからずーっと、そんな感じでやってくつもりなのか？」

カウンターへと飛び降りた小抓が、失望と不安の入り混じった顔を汀一へと向ける。その問いかけにただ無言で苦笑いを返し、汀一は蔵借堂を後にした。

店を出て程なくして小雨がぱらついてきたので、汀一は手にしていたビニール傘を差した。左手で琵琶の入った包みを抱え、それが濡れないように傘を掲げる。

ちょっと前までは、いつも隣にいた友人の傘に入れてもらっていたけれど。

傘を持ち歩くのも自分で差すのも、いつの間にか慣れてしまったな。

そんなことを思いつつ、汀一は浅野川大橋を渡った。

この時期、川の中には幾つもの鯉のぼりが泳がされており、大橋にも無数の鯉のぼりが吊り下げられる。いわゆる「鯉流し」である。

浅野川の澄み切った水の中、口元だけを固定された鯉のぼりたちは、川の流れに逆らって泳ぐかのように、ふわふわとその体をくねらせている。鯉が大きな口で飲みこんだ水はそのまま尾の先から流れ出てゆき、鯉たちは流れにあわせて動きはするが、前に進むこともなければ、どこかに流れていくこともない。

今のおれに似てるな、と汀一は思った。

時雨が金沢から去って以来、汀一はずっと漠然とした空虚さを感じ続けていた。平たく言えば、あらゆることにとっかかりを感じないのである。体験する全てのことが、自分の周りを、あるいは自分の中を、それこそ鯉のぼりを吹き抜ける水や空気のようにスーッと通り抜けて行ってしまい、残るものが何もない。

時雨が去ったのに加え、小抓が一人で遊びに出るようになったおかげで、蔵借堂やカフェで亜香里と二人になる機会も増えている。それはとても嬉しいことのはずなのに、なぜか思ったほど心が弾まない。

……でもまあ、ほら。別に日常生活に支障が出ているわけではないし。

心の中で汀一はぼそりと自分に反論した。学校でも家でもバイトでも、今のところ問題は起きていないし、成績は下手したら去年よりいいくらいだ。ただ、やる気と言うか元気と言うか、そういうものがまるっきり出ないだけで……。

それに、時間の流れが早い。異様に早い。

四月からこっち、それまでの十倍か二十倍くらいの速さで毎日が過ぎていき、しかもどんどん加速している気さえする。ちょっと前に春休みが終わり、学年が一年生から二年生に上がったと思ったら、いつの間にかもうゴールデンウィークだ。去年は楽しみにしていたはずの連休も、結局バイトしかしていない。このままだとあっという間に春が過ぎ、夏がやってくることだろう。

「春過ぎて、夏きにけらし、白妙の……ええと。なんだっけ」

少し前の古典の授業で出てきた和歌をぼんやりと口ずさんでみたが、途切れてしまった。綺麗な光景が浮かぶ歌だなと思ったことは覚えているから、それなりに印象的だったはずなのだが、後半が思い出せない。

しっかりしろよ、葛城汀一。汀一は自分で自分に呆れ、ずっとこんな感じなのかな、と思い、そうなるんだろうな、とも思った。

春がすーっと過ぎたように、夏もあっけなく過ぎるのだろう。その後には秋がするすると終わって冬がさーっと来て、その繰り返しが数回続き、そして気付いたらおれは大人になっていた。

……と、そうなってしまってもおかしくないほどに、毎日がただ手応えがないままに過ぎていく。

――お前さ、これからずーっと、そんな感じでやってくつもりなのか？

別れ際、小抓の投げかけた問いかけが胸の中に蘇ったが、そんなことを聞かれてもどう答えればいいものか。川縁の道を歩きつつ、小雨の波紋が幾つも広がる浅野川を見るともなく見つつ、汀一はただ溜息を吐いた。

＊　＊　＊

ゴールデンウィーク明けから一週間ほど後、ある月曜日の朝の教室にて。近くの席の級友たちの雑談を、汀一はぼんやりと聞いていた。

誰のどんな語りに対しても聞き手に徹し、発言はたまの相槌程度に留め、時折笑ったり突っ込んだりもする。金沢に来る前、転校を繰り返していて深い友人関係を構築できなかった頃は、大体どこのクラスでもこのポジションだったので、こういう振る舞いには慣れている。へー、いいね、などと特に中身のない相槌を口にしながら、汀一は一昨年まではこうだったなと懐かしみ、同時に、どこか物足りなさを感じている自分にも気が付いた。そう思ってしまう理由はもちろん……。

「おい葛城。ちょっと」

心の中で響きかけた自問を投げかけられた声が遮った。神妙なその呼びかけに振り返ると、短髪で眉の太い男子が一人、真剣な顔で手招きしていた。

この四月から汀一と同じクラスになった男子生徒だが、あまり話したことのない相手だ。

確か、弓道部に入っていると話していたはずだけど。汀一は記憶を探りながら首を捻った。

「何？　えーと」

「西藤だ。そろそろ覚えてくれ」

「ごめんごめん。それで、おれに用事？」

名前がスッと出てこなかったことを詫びた上でそう尋ねると、西藤は「ここだとなんだから」と、汀一を教室の後ろの端へと連れて行き、眼力の強い顔を汀一へと向けた。

「実はな。俺には小三の妹がいるんだ。兄が言うのもなんだが、とても可愛い」

「はあ」

なんの話だよと思いながらもとりあえず相槌を打つ汀一である。西藤はそれほど背の高い方ではないが、汀一は平均よりも小柄なため、同年代の同性と話すと見下ろされる形になってしまう。眉をひそめて見上げると、西藤はいっそう声をひそめて続けた。

「その妹がだな、学校でお化けを見たと言うんだ。両親も祖父母も、小学三年生にもなって何を言っていると呆れているが、妹は、嘘を吐くようなやつじゃない。俺は兄として、あいつの言葉を信じてやりたいんだ。あんなに怖がっているんだから」

「は、はあ……。いいお兄さんだね……。で、その話をなんでおれに？」

「何？　なんでって、お化けや怪談のことなら、葛城に頼めばなんとかしてくれると聞いたからだが」

「誰に聞いたの」

「鈴森」

「あー。なるほど」

くたびれた苦笑いを西藤に返し、汀一は多弁で調子が良くて知人も多い去年来のクラスメートの顔を思い浮かべた。

あの鈴森美也も弓道部なので、西藤はおそらく部活中にでも、汀一や時雨が化け物屋敷の一件を丸く収めた話を聞いたのだろう。美也の性格からすると、かなり話が盛られていたに違いない……などと汀一が考えていると、女子が数人連れ立って教室に入ってきた。その中の一人、ネコ科動物を思わせるショートカットの女子――美也は、教室の後ろで向き合う西藤と汀一を見つけると、嬉しそうに歩み寄ってきた。

「おっはよー。西藤くん、早速相談してるわけね」

「おう」

「いや、『おう』じゃなくて……。あのさ鈴森さん。なんでおれを紹介したの?」

「なんでって、実績あるじゃん、葛城くん。部活仲間がお化けに悩んでて、そういう友達知ってたら、そりゃ紹介するでしょ?」

戸惑う汀一にけろりと応じた後、美也は少し声のトーンを落として「濡神くんがいるともっと良かったんだけどね」と言い足した。

細身で黒髪で寡黙で真面目で、汀一が転校して来てからは表情のバリエーションが増えたあの少年は、春休みの間に金沢を離れた。その事実は一学期初日に汀一が美也たちに話したので、元クラスメートの間では既に広く知られている。

　話を聞いた美也は目を丸くして驚き、その友人である聡子はショックを受け、他にも何人かが「えっ」と言葉を失い、皆残念がっていた。彼女らに哀しい思いをさせてしまったことは申し訳ないとは思ったけれど、でも、意外と大勢が時雨を気に掛けていたと分かったことは、少しだけ誇らしい気持ちにしてくれたっけ……。

　そんなことを思い出しつつ、汀一は美也と西藤を見比べ、その上で考えた。子供は大人よりも妖怪を見やすいという話は聞いたことがあるので、西藤の妹が見たのが本物である可能性は十分にある。あるけれど。

「でも、そういう話に詳しかったのは時雨の方で……。あ、西藤くんは知らないかもだけど、時雨っていうのは」

「この葛城くんの相方で相棒で女房役。かっこよかったんだから！」

「相方で相棒で女房役？　そんな風に見られてたの……？　ともかくさ西藤くん、おれにはそういう知識も技能もないんだよ」

「そ、そうなのか」

「うん、ごめん……。てかさ、本気で悩んでるなら、おれみたいなアマチュアなんかに頼らない方が良くない？」

「何？　いや、逆だ。悩んでいるからこそアマチュアに頼みたいんだ。プロとなると、お寺とか神社とか、霊媒師とかお祓いとかになるんだろうが、そういう大それたところに話を持っていきたくはない」

「幾ら掛かるか分かんないし、変な噂になっても困るもんね」

「鈴森の言う通りだ。かといって放っておくのも嫌で、だから——」

「だから、気軽に頼めそうなおれ、ってことね」

西藤の言葉に自分の声を重ねた上で、汀一は「なるほど」とうなずいた。言っていることはまあ理解できるし、西藤の顔を見れば本当に悩んでいるのも分かる。そして自分には、その手の事件を解決できる技能も知識もないけれど、そういう技能や知識を持った知り合いはいる。短く思案を巡らせた後、汀一は西藤を見返し、ぼそりと言った。

「……分かった。役に立てるかどうかはなんとも言えないけど、とりあえず、話だけでも聞かせてくれる？」

「恩に着る！」

「いいねえ！　その押し流されっぷりと、結局聞いちゃう人の良さ！　それでこそ我らが葛城くんだよ」

大仰に頭を下げる西藤の隣で美也が満足げに笑って親指を立てる。「我らが」って何だよ、と汀一は思ったが、そう評してもらえることに悪い気はしなかった。

＊　＊　＊

「今言った西藤ってやつの妹さんは、自分の通ってる小学校のプールサイドで、びしょびしょの子供を見たそうなんです。連休明けの土曜日の夕方に」

その日の放課後、汀一は今朝クラスメートから聞かされた話を蔵借堂の売り場で披露していた。

聞き手は、作務衣姿の蒼十郎、薄手のブラウスにエプロンを重ねた亜香里、ブレザーの制服をきっちり着こなす祐の三人である。小抓もいれば興味を持っただろうが、今日も一人で遊びに行っているらしい。ふんふんと聞き入る三人を前に汀一は続ける。

「その妹さん、兄貴が可愛い可愛いって言うもんだから、おしとやかな感じかと思ったんですが、聞いてみたらリトルサッカーやってるバリバリの体育会系らしくって。友達と一緒に運動場で自主練してて、暗くなってきたから友達と別れて帰ろうとした時、プールに小さな人影が見えたらしいんですよ。こんな時期に学校のプールに人がいるなんておかしいと思って見に行ってみたら……」

「びしょびしょの子供だった、と。それだけですか?」

「それ、近くの子が忍び込んで遊んでてプールに落ちたとかじゃないの?」

口を挟んだ祐に続き、亜香里が軽く眉をひそめる。「おれも同じこと言った」と汀一は笑い、改めて三人を見回して続けた。

「この話にはまだ続きがあって……。誰だろう、知らない子だな、って思って見てたら、その子はふっと消えちゃったと。で、それから何日か経った後に、西藤の妹さんはまた同じのを見たらしいんですよ。またいるぞと思って見に行ったら、ずぶ濡れの子供が振り返って——その顔がですね、口は耳の近くまで大きく裂けてて、ぎょろっとした目には白目がなくて、全部黒目だったと」

「……ほう」

「ちょ、ちょっと怖いね、それ……」

ここまで黙っていた蒼十郎が興味深げな声を漏らし、同時に亜香里が軽く身を震わせる。口が裂けていて目が真っ黒な子供の姿を想像してしまったのだろう。分かるよ、とうなずく汀一の前で、祐が腕を組んで顔をしかめた。

「その話……。父から聞いたものと近いですね」

「小春木さんのお父さん？　確か、書道教室の先生ですよね」

「ええ。ご存じの通り、ぼくの父は書道の講師で、近隣の学校に書道を教えに行くこともあるため、子供たちから直接噂を聞ける立場にあるんです。今の話ほど具体的なものではありませんでしたが、日暮れ時のプールに見知らぬ子供が出るという噂は、少し前に父から聞きました」

「へえ……！　じゃあ、他にも見た子がいるってことですか」

「その西藤さんの妹さんの話が広まったのかもしれないよ」

「あ、なるほど。北四方木さんはどう思います？」

亜香里の言葉にうなずいた後、汀一は寡黙な妖具職人を見上げた。今ここにいる四人の中ではぶっちぎりの最年長で、妖怪の起こす事件にも一番詳しい人物——妖怪は、「そうだな、おそらく」と何かを言いかけたが、ふと眉をひそめて黙り込んでしまった。

何かに気付いたようにも見えたけれど、どうしたんだろう。

汀一は軽く首を傾げて亜香里や祐と顔を見合わせた後、再度蒼十郎へと向き直り、質問を変えた。時雨がいない今となっては、この無口な職人に頼るしかないのだ。

「そもそも、小学校って妖怪出たりするもんなんですか？『学校の怪談』ってベタですけど、ああいうのってほんとに……」

「出る。学校は、いわば、近代都市に残った最後の民俗社会だからな」

「最後の民俗社会？」

「学校というのは、構成員が定期的に入れ替わる上、普段使われる場とそうでない場が併設し、しかも夜は完全に無人になる空間だ。こういう環境では噂話……ことに怪談が育ちやすい。怪談は連帯感や共感の醸成に便利だから」

「連帯感や共感の醸成……？　何度も聞いてばかりですみません」

「怖い話を共有するという行為は、手っ取り早く仲間意識を育むのに都合がいいんだ。汀一は転校の経験が多いと聞いたが、転校した先で、怪談話を嬉しそうに教えてくる生徒はいなかったか？」

「あー、そういうことか！　いましたいました」

頼むどころか拒んだのに、嬉々として学校の七不思議を聞かせてきた同級生たちの顔が汀一の脳裏に蘇る。あれはおれを仲間に入れようとしてくれていたのか。汀一は今更納得し、地元民の二人に向き直った。

「金沢でもそういう七不思議とか怪談ってあったの？」

「あったよー。音楽室のピアノが独りでに鳴るとか、自殺した子の幽霊が体育館でドリブルしてるとか……。妖気がないから、何もいないの分かってたけどね」

「さすが向井崎くんですね。ぼくの聞いたのも似たようなもので……まあ、特別教室は怪談の舞台としては定番ですからね。あと、階段やトイレの話もありますが」

「あー、『トイレの花子さん』みたいな」

「あの人は有名だよね。ちっちゃくて可愛いし」

「え。亜香里、花子さんに会ったことあるの？　てか実在するの……？」

「するしあるよ。何年か前、都市伝説系の女子グループが金沢に旅行に来た時、うちに寄っていったんだ。蒼十郎さんも覚えてるよね」

「あの時は賑やかだったな」

亜香里に同意を求められた蒼十郎があっさりうなずき、汀一は祐と顔を見交わした。学校の怪談の話題が知り合いの話にスライドしたのは初めてだ。ここは妖怪の店で亜香里たちも妖怪なんだよなあと改めて実感する汀一の前で、蒼十郎が話を戻す。

「ともあれ、『学校の怪談』と言われるものの多くは、妖具化した備品や施設が原因だ。そのほとんどは無害だが」

「『ほとんど』ってことは、危険なやつもたまにいる……？」

「ものによっては人を襲うこともある」

「そんな……！　じゃあ、一応確認しておいた方がよくないですか？　これからプールの時期ですし、何も悪くない小学生が襲われたり脅かされたりしたら可哀想ですよ」

あっさりうなずいた蒼十郎を汀一が青ざめた顔で見上げ、その提案を聞いた亜香里はなぜか安堵したようにほっと微笑した。その表情に違和感を覚えた汀一が眉根を寄せる。

「亜香里？　なんで笑うの？」

「ごめん。やっぱり汀一はちゃんと汀一だなって」

「はい？　よく分かんないけど……それより今はプールの子供だよ。こういう場合、いつもだったらどうするんです？　……教育委員会に言う？」

「話したところで信じてもらえるとは思えない。遠い場所でもないのだから、現地に行って直接調べるのが基本だな」

明らかに何度かやったことがある口ぶりで蒼十郎が言う。「忍び込むってことですか」と汀一が問うと、蒼十郎は武骨な顔のまま首肯した。

「無論、そのための妖具もある。俺が行きたいところだが、あいにく、急ぎの仕事がな」

「あ。そうなんですか」

「あの、だったら、ぼくが行きましょうか？　現場の小学校はぼくの家から近いですし」

スッと手を上げたのは祐である。汀一が思わず振り返るのと同時に、蒼十郎は「そうだな」と応じた。

「そうしてもらえると助かる。君の目の力……書物の精の能力は、ほとんど全ての妖怪に対して有効だから、君ならば安心して任せられる」

「それほどのものでもないですが。では葛城くん、今夜、よろしくお願いいたします」

「はい？　今夜？　いや、それはいいんですが、おれも行くんですか？　なんの役にも立たないですよ？」

「ですが、葛城くんは妖怪に感知されやすい体質のようですからね」

「……囮役ってことですね。了解です。まあ、おれとしても行っておきたいし」

悪びれることなく語る祐を見返し、汀一は肩をすくめてうなずいた。興味本位の野次馬と言ってしまえばそうなのだが、そもそも自分が持ってきた話なのだから、顚末を見届けるべきだろう。蒼十郎が言ったように祐の力はほぼチートなので、何が出たところで怖くはない。

「そうだ、亜香里は」

「明日が小テストなの。男同士で頑張ってきてね」

「残念だな……。亜香里もテスト勉強頑張ってね」

「ただいまー！」

いきなり格子戸が引き開けられ、元気な挨拶が汀一の労いの声に被さった。Tシャツの男児姿の小抓は、売り場の奥で会議中の四人を見ると、興味深げに駆け寄ってきた。

「何の話してるんだ？」

「汀一と小春木先輩が、今夜お化け退治に行くんだって」

「お化け退治？　何それ面白そう！　オレも行く！」

　亜香里の説明を最後まで聞こうともしないまま、小抓が大きな目を輝かせる。「オレも行くからな！」と袖を引かれた汀一は、蒼十郎に困った顔を向けたが、蒼十郎は「止めても聞くまい」と言いたげに無言で肩をすくめるだけだった。どうやら連れて行くしかないようだ。汀一は祐と見つめ合い、同時に小さな溜息を漏らした。

＊　＊　＊

　その日の夜、午後九時を少し過ぎた頃、汀一は祐や小抓と連れ立って長町にある小学校へと足を運んだ。

　武家屋敷が建ち並ぶ一角に隣接し、学校の周りには昔ながらの石組みの用水が流れている。いかにも古都っぽい立地だが、校門の柵越しに見える光景は、四階建ての校舎も体育館も校庭も、いたって普通の小学校のものであった。

「木造だったり屋根が瓦だったりはしないんですね」

「それはそうですよ。いやしかし、懐かしいなあ」

「え。小春木さん、ここの卒業生なんですか？　……って、そりゃそうですよね」

祐の家はこのすぐ近くの武家屋敷エリアにあるわけで、だったら私立にでも行っていない限り、ここが母校になるのは当然だ。

「勝手を知っている人がいると助かります」と言い足す汀一は、濃いグレーのパーカーに黒のパンツという出で立ちである。夜中に学校に忍び込むというミッションの性格上、目立つわけにはいかないと思ったから黒系に着替えてきたのだが、祐は明るい紫の着物だし、小抓はいつものブルーのTシャツだ。気負いすぎたかと呆れる汀一の隣で、小抓はシャツの腕をまくって一歩前に踏み出し、校門の柵にしがみついた。

「よし行くか」

「え？　いや待った待った！」

柵を乗り越えようとした小抓を汀一が慌てて引き戻す。羽交い締め状態で宙吊りにされた小抓は、不愉快そうに汀一を睨んだ。

「何するんだよ。忍び込むんだろ？　ここなら前に遊びに来たことあるから勝手は分かるし、幸い人の気配もねえ」

「こういうところには機械警備ってのがあるんだよ……！　ちゃんと準備してきたんだからおとなしくしてろ」

「準備？」

「はい」

首を傾げた小抓におっとりと応じ、祐は手にしていた大ぶりのトートバッグから提灯と蠟燭、それにマッチ箱を取り出して校門前に並べた。古びたマッチ箱を見るなり、小抓の鼻がぴくりと動く。

「このマッチ、妖気がある」

「さすがですね。これは蔵借堂から借りてきた、妖怪『ケンムン』の力を宿したマッチなのです。ケンムンとは鹿児島に伝わる河童のような妖怪で、指の先に炎を灯して山の尾根を移動すると言われており、この炎を『ケンムンマチ』と呼ぶんですね」

「ケンムンマチを点けられるからケンムンのマッチってことか？　駄洒落かよ。てか、それが何なんだ」

「ケンムンは、人に気付かれず、扉や窓の隙間を煙みたいにすり抜ける力を持ってるんだってさ。だからこのケンムンのマッチで点けた炎を持ってると、どこでも出入りできて、誰にも気付かれない……って、今更ですけど、かなり危険なアイテムですね」

　数時間前に蔵借堂で預かったマッチ箱を持ち上げて、汀一は大きく眉根を寄せた。持ち主の蒼十郎が人格者だからいいようなものの、悪用しようと思えばいくらでもできる代物だ。ですね、と提灯を広げながら祐が応じる。

「そんなものを預けてくださったということは、ぼくらを信頼してくださったということ。信頼と期待にはちゃんと応えねばなりませんね」

　落ち着いた口調で語りつつ、祐が提灯を伸ばして蠟燭を立てる。その手慣れた様子に汀一は感心した。

「へー。提灯の扱い、慣れてるんですね」

「金沢の子供は毎年六月、提灯行列に必ず駆り出されますからね。ぼくの場合、今でも子供会のお世話をしていますから……」

そう言って祐はマッチを擦って蠟燭に火を点け、それを提灯へとセットした。和紙越しの淡い光があたりを包む。

汀一たちは、「オレが持つ！」と主張した小抓に提灯を預け、これまた蔵借堂で聞いた通りに手を繋いだ。そのまま校門の端へと近づいてみると、三人の体はそれこそ煙のように、柵の隙間をすり抜けてしまった。

「すげえ！　すげえな、これ」

「うん。不思議だな……。体が透けた感覚もないのに、柵を全然感じなかった」

「確かに……。まさしく妖具ですね」

口々に感嘆の声を漏らしながら、三人は夜の校庭を横切った。校庭の長辺に沿って四階建ての横長の校舎がそびえ、渡り廊下を通じて体育館と繋がっている。妖怪が出たという件のプールは校舎の裏手だと祐が言ったので、一同はまずそちらへ向かったのだが、夜のプールの周りにはあいにくなんの気配もなかった。身構えていた汀一がほっと胸を撫で下ろす。

「良かった……」

「良くはねえだろ。なあ祐、この匂いっつうか、気配っつうか」

「ええ。これはおそらく妖気ですね」

提灯を掲げた小抓に見上げられ、祐が真剣な顔でうなずく。妖怪サイドの二人のやりとりに汀一はぎょっと目を丸くした。

「え。見えないだけでいるってことですか？　ここに？」

「ここではありません。校舎かあるいは体育館か……。建物のどこかから、知らない妖怪の気配が漂ってきているような、いないような……」

「フワフワしてますね……」

「面目ない。何せ半分は人間なもので。小抓くんはどうですか？」

「建物の方に妙な気配はあるっぽいんだよな。まあ、行ってみりゃ分かるだろ」

そう言うなり小抓は校舎に向かって颯爽と歩き出し、祐が懐から万年筆と手帳を取り出してその隣に並ぶ。プール前に置いていかれそうになった汀一は、青い顔のまま慌てて後を追った。

夜の学校というだけでも充分気味が悪いのに、そこに正体不明の妖怪がいるかもしれないとなればなお怖い。怯えた顔の汀一が二人に追いつくと、小抓は心底呆れた顔で振り返り、「だらしねえなあ」と聞こえよがしに言い放った。

その後、三人は、校舎をぐるりと見て回った。

だが、あいにくと言うべきか、幸いと言うべきか、妖気の主たる謎の妖怪は一向に姿を現さなかった。最初こそ怯え切っていた汀一も、こう何も出ないとさすがに怖がる気も薄れ、三階に達した頃には、祐や小抓と平気で雑談できるほどになっていた。

「あ、家庭科室！　家庭科好きだったなー」

「ぼくは調理実習が楽しみでしたね。葛城くんは」

「おれは裁縫が好きだったんですよ。エプロン作ったっけ」

「二人とも、さっきからいちいち懐かしがるのやめろよ。おっさんみたいだ」

「これは手厳しい」

「いいだろ別に。小学校に来る機会なんかそうそうないんだから。小抓も学校通ってみれば、この気持ちは分かるよ」

「馬鹿言え。絶対通いたくねえし。朝から晩まで同じ建物にいるなんて、考えただけで倒れちまいそうだ」

　先頭で提灯を捧げ持った小抓が大仰に体を震わせ、「そこまで嫌がらなくてもいいのに」と汀一が苦笑した。なるほど、と興味深そうな声を発したのは、手帳と万年筆を手にした祐である。

「やはりカワウソの妖怪ですから、本能的なところで、人間社会への帰属意識のようなものが薄いんでしょうね。社会性という概念を持たないとでも言うか」

「あー、そんなこと前にも言ってましたね。……まだ、時雨がいた時に」

「おいそこ！　しんみりするの禁止！　すぐ湿っぽくなるのやめろよ、マジで」

そんな会話を交わしながら一同は校舎の巡回を終え、続いて体育館にも向かったが、ここでも結局謎の妖怪は姿を見せなかった。こうなると小抓はそろそろ飽きてきたようで、移り気なカワウソの少年は、体育館前、校庭に面したコンクリートの階段に差し掛かったあたりで足を止め、今更のように「なあ」と汀一たちを見た。

「出ねえんじゃねえの、これ？　つうかさ、そもそも何が出たんだ？」

「え？　……あ、そうか。小抓、おれが話した時にはいなかったもんね」

「思えば、改まって説明もしていませんでしたね。これは大変失礼しました」

というわけで二人は小抓に汀一が学校で聞いてきた、プールサイドのずぶ濡れの子供の話を語った。小抓はうなずきながら耳を傾けていたが、一通りを聞き終えると、元々大きな目をきょとんと見開き、拍子抜けした声を漏らした。

「……それ、オレだ」

「えっ？」

「は？　『オレ』って、小抓、それどういう意味……？」

「オレはオレだよ。他にどういう意味があるんだよ。ほら、オレ、最近一人で川に泳ぎに行ってるだろ？　でもちょっと前、浅野川が泳ぎづらかったんだよ。でかい目玉付けた筒とか流しやがってさ、怖いし邪魔だし」

「でかい目玉の筒？　ああ、鯉のぼりのことか！　……小抓、鯉のぼり怖いんだ」

「小動物はでかい目玉模様が苦手なんだよ！　文句あるか！　で、浅野川で泳げねえからさ、ここまで来て、前から気になってた四角い池に飛び込んで」

「四角い池……プールのことですか。そう言えば小抓くん、この学校に前に来たと言っていましたものね……。しかし、びしょびしょの子供と言うのは、水から上がった小抓くんを見たのでしょうが、『白目がなくて黒目だけで、口が大きく裂けていた』という証言もあったはず」

「そうだよ。小抓はそんな顔じゃないし」

「それさ、多分、人間からカワウソの姿になる途中のオレなんだよ。普段は一瞬で変わるけど、泳ぎ疲れた後とかはちょっとゆっくりになるんだ」

汀一の言葉をばっさり遮り、小抓は「こんな感じ」と自分の顔を指差した。と、元々長い毛のボリュームが増すのと同時に、口がめりめりと目の下まで裂け、肉食獣ならではの鋭い牙が突き出した。合わせて、大きな眼球が動物のように真っ黒なものへと切り替わる。人のようでありながら明らかに人ではない異様な顔を見せつけられ、汀一は「怖っ！」と叫んで一歩後ずさった。

「何その顔！　すげえ怖い！」

「そこまで怖がらなくてもいいだろ。傷付くぞ」

「ご、ごめん。でもとりあえず、カワウソか人間かどっちかにしてくれない……？」

震える声で汀一が言うと、小抓はあっさり人間の姿へ戻ってくれた。やれやれと安堵する汀一を見やった後、祐が小抓に向き直る。

「事情は分かりましたが、勝手に学校に入るのは良くありませんよ。無関係な子を怖がらせてしまったわけですし」

「それは悪いと思ってるよ。気を付ける」

「よろしい。というわけで、どうやら一件落着ですかね」

「ですね――……」

祐に笑い返しながら相槌を打つと、張っていた気が抜けたのか、徒労感がどっと押し寄せてきた。無駄足でしかなかったとは思うが、まあ、危ない妖怪が出ていなかったのはいいことだ。

「小春木さん、お疲れ様でした。わざわざ来てもらっちゃって……」

「葛城くんこそ、ご苦労様です。では帰りますか」

「待った！　オレ、便所行きたい」

「体育館にあるから行ってきたら？　その提灯あったらどこでも入れるし、場所はさっき見たから分かるよね？」

勢いよく手を上げて主張した小抓に、汀一がぞんざいに切り返す。妖怪がいないと分かった以上、まとまって行動する意味もない。小抓はうんとうなずき、提灯を手にしたまま早足で歩き出したが、閉め切られた重たい扉の前で立ち止まって振り返った。

「うんこだからちょっと時間かかるぞ」

「いちいち言わなくていいよ！」

「待っていますのでごゆっくり」

祐が手帳と万年筆を懐に収めながら言うと、小抓は「ちゃんと待ってろよ」と念を押し、体育館の中へと消えた。後に残された二人は、どちらからともなく疲れた顔を見合わせ、乾いたコンクリートの石段に腰を下ろした。

提灯は小抓が持って行ってしまったが、フェンス越しに届く街灯の光のおかげで、周りも相手の顔もよく見える。汀一は石段に足を投げ出し、隣に座った祐を見た。

「そう言や、小抓や小春木さんが感じた妖気って何だったんですかね」

「妖具や妖怪としての覚醒もしくは顕現には至っていない、いわば妖怪の卵のようなものなのではないでしょうか？　学校はそういうものに親和性の高い空間とのことでしたから、その類の気配がわだかまることもあるでしょう」

「なるほど……。にしても、小春木さんが来てくれて心強かったです。ほんと、ありがとうございました」

「いえいえ。しかし、それはどちらかと言うとぼくの台詞ですよ」

着物の裾を崩さない姿勢を保ちつつ、祐がおっとり言い返す。確かに、と汀一は苦笑した。妖怪に対応する力があるのは祐であり、自分は単なる興味本位の野次馬兼囮役に過ぎないのだ。

「おれがいなくても全然大丈夫ですもんね」

汀一が思わず肩をすくめて自嘲すると、それを聞いた祐は首をゆっくり横に振った。

「そんなことはありません。心強かったのはぼくも同じです。もっとも、君の安全を考慮するなら、同行をお願いするべきではなかったかもしれませんが……。ご存じの通り、ぼくの力は決して万能ではありませんから」

「あー、効かないこともありましたしね。でも、だったらなんでおれを誘ったんです？」

「学校で向井崎くんに言われたことを思い出しまして」

「亜香里に？」

「……最近の葛城くんには、その——何か刺激を与えた方がいいのでは、と」

少し言い淀んだ上で祐がやんわり言葉を重ねる。それを聞いた汀一は、あー、と声を漏らしていた。なぜ自分に刺激を与えるべきだと亜香里が思ったのか、その理由を祐はあえて言わなかったのだろうが、もはや聞くまでもなかった。

——なあ汀一、お前さ、これからずーっと、そんな感じでやってくつもりなのか？

先日小抓から投げかけられた言葉を思い起こし、汀一は思わず苦笑していた。

「亜香里にも心配されてたんですね、おれ……」

「それはもう。新年度になってからというもの、彼女が口にする話題は君のことばかりですよ」

「え、そうなんですか？　ほんとに？」

「こんな嘘は吐きませんよ。葛城くんも知っての通り、向井崎くんは明るくて強い、とても立派な女性です。ぼくは彼女を尊敬している。そんな彼女にあそこまで気遣われるというのは……正直、ちょっと妬けてしまいます」

本気とも冗談ともつかない口調で語る祐である。汀一が見つめた先で、着物と眼鏡の似合う上級生は、思い出したように「このことは向井崎くんにはご内密に」と人差し指を立てた。汀一が「了解です」とうなずくと、祐は誰もいない校庭に視線を向け、さらに続けた。

「実際、部外者のぼくから見ても、最近の葛城くんの様子は気に掛かるものでした。寂しい気持ちはぼくも同じですが、葛城くんの場合、常時疲れているように見えると言いますか、気力が感じられないと言うべきか……。やはり、濡神くんが去ったから？」

「でしょうね……。いや、そうです」

曖昧な返答を即座に否定し、汀一はきっぱり言い切った。

そう。まずはそれを認めるところからだ。

せっかく亜香里や祐が場を設けてくれたのだから、話せなかったことを全部言え。

自分で自分を促しながら、汀一は念押しのようにうなずき、言葉を重ねた。

「正直、最初は、いくら寂しくても、何日か経てば慣れちゃって、いつも通りに戻るだろうって思ってたんですよ。おれ、元々能天気ですし。でも」

「でも、そうではなかった」

「……はい。時雨がいなくなったなあって思った時の、あの寂しい感じが、そのまま定着しちゃったみたいなんです。人と話そう、関わろう、っていう気になれなくて、何にも関心が持てなくて……。おれ、金沢に来るまでは転校が多くて、友達付き合いが薄いのが当たり前でしたから、元に戻っただけなのかも、とも思うんですけどね。去年がイレギュラーだっただけで」

「でも、去年は楽しかったんでしょう？」

間髪入れず祐が問う。眼鏡越しの視線を向けられた汀一は、虚を衝かれたように一瞬押し黙り、そしてすぐにしっかり首肯した。

「はい」

「ですよね。であれば、そんな君の傍にいた彼もまた、きっと楽しかったはずだとぼくは思います。そして、今の君の姿は、彼にとっても本意ではないだろう、とも……」

説教に聞こえないよう気を付けているのだろう、あくまで温和な口調を保ったまま、祐が真摯に言葉を紡ぐ。その穏やかな語り口に汀一は黙って耳を傾けた。

そうだよな、と汀一の心の中で声が響く。

亜香里や祐たちに心配を掛けたくはないし、何より自分がこんな体たらくでは、時雨に悪いし、時雨に合わせる顔がない。こんな自分が嫌だと思うなら――。

斜め下を向いていた視線が、ゆっくりとではあるが持ち上がる。

誰かに言われてではなく、あくまで自分の判断で、自分はこうありたいという気持ちに動かされるまま、汀一はようやく顔を上げた。はあ、と大きな息を吐けば、少し心が軽くなった気がした。

「なんだかすっきりしました。ありがとうございます、小春木さん」

「いえいえ」

「無駄足でしたけど、今日来て良かったです。あ、妖怪がいなかったってこと、北四方木さんにも報告しないとですね」

「そのことですが、あの人は案外、この真相に最初から気付いていたんじゃないでしょうか？　本当に危険なものが出ている可能性があったなら、北四方木さんの性格的に自分で出向くはずでしょう」

「あ。それは確かに」

「でしょう？　この際なので全部言ってしまいますが、葛城くんと話してみてくれないかと、あの人にも言われていたんです。自分はああいう武骨な性格で、種族も年齢も違うから、何を言っても諭すことになってしまうし、同性で年齢が近い方が気安く話せるだろうから……と」

「北四方木さんが？　……そっか。みんなに気遣われてたんですね、おれ」

「葛城くんは周りの人に優しいし、気を遣ってくれますからね。心配されたら心配し返したくなるのは、人も妖怪も同じですよ。もちろん半人半妖のぼくにとっても」

「は、はあ……。おれ、優しいですかね？　自分では実感ないんですが……でも、ありがとうございます」

温かなありがたみを改めて実感しながら、汀一はしみじみとした言葉を漏らし、さらに視線を上へと向けた。

　雨の多いこの街には珍しく、今日の夜空は澄んでいる。金沢の街の上に広がる星空を眺め、汀一はふと自嘲した。

「……案内してやるって言ったもんな」

「えっ？」

「あ、すみません。おれ、時雨が出発する前にあいつと一方的に約束したんです。いつか帰ってきたら、今度はおれが金沢の街を案内するって。でも、案内しようと思ったら、ちゃんと顔を上げて周りを見てなきゃ駄目ですよね。知らない場所を案内なんかできないし……」

「なるほど。いい心構えだと思いますよ。それに、とてもいい顔になりました」

「そ、それは、どうも……。すごいダイレクトに褒めてきますね小春木さん。にしても小抓のやつ、遅いですね」

　祐の性格は知ってはいるし褒めてもらえるのもありがたいが、真正面から賞賛されると恥ずかしい。顔を赤らめた汀一は慌てて話題を変えた。それを受けた祐も「確かに」とうなずき、閉ざされたままの扉に振り返った、その直後である。

「でっ、出た！　出た出た出た出た！」

　甲高い声で絶叫しながら、提灯を掲げた小抓が扉の隙間から飛び出してきた。

　煙のようにぬるっと出てきたことには今更驚きはしないけれど、その剣幕はなんなんだ。

思わず立ち上がった汀一の隣で、祐が小抓に問いかける。

「どうしました？　一体何が出たというのです」

「うんこか」

「アホか！　そんなことわざわざ言うか！　お化けだよお化け、決まってるだろ！」

真っ青になった小抓が提灯を振り回して叫ぶ。冗談を言っているようには見えない形相に汀一たちが眉をひそめるのと同時に、目の前の体育館の入り口がメキメキと音を立てて開きはじめた。

「え。何？」

「来た！」

「下がってください、二人とも！　妖気です！」

祐が階段を飛び降りて身構え、小抓と汀一が慌ててその後ろに隠れる。三対の目が見つめる先で、金属製の重たい扉はあっさりこじ開けられ、真っ暗な体育館の内側から、大柄な何かがのっそりと姿を現した。

「な……何、こいつ？」

「出た……！」

困惑した汀一の声と小抓の震え声が重なって響く。

小抓を追って体育館から出てきたのは、ぼろぼろの布を纏い、四つの目を有した巨軀の妖怪であった。身の丈およそ二メートル半。人間に近い体形ではあるものの腕も脚も異様に太く、髪のない頭頂部は鋭角に尖って、斜め前方に向かって突き出している。台形を描くように並んだ四つの目はギラギラと輝き、半開きになった大きな口には太い牙。

「ウアアアオオウ……！」

　意味を成さない鈍い鳴き声が、夜更けの体育館と校庭に響く。見るからに粗暴そうな妖怪の姿に、汀一の背筋がぞくりと冷えた。

「小抓、こいつに何かした……？　なんで追いかけられてたの？」

「知らねえよ！　便所で用足して、水流して出たらいきなりいたんだ！　言葉は全然通じねえし、しかもこいつ、いきなりオレを食おうとしやがった！」

「食う!?　こいつ人を食うってこと？」

「捕まえて口に入れようとしたんだからそりゃそうだろ！　一瞬カワウソの姿に戻って逃げたけど、オレじゃなかったらあのまま食われてたぞ」

　祐に隠れる汀一のさらに後ろに隠れつつ、小抓が怯えた声を漏らす。どうやら話が通じる相手でもなければ、小学校に放置していい相手でもなさそうだが、幸い今は祐がいる。

「小春木さん、お願いします……！」

「ええ」

「おい、大丈夫か？　なあ汀一、祐ってほんとに強いのか？　ひょろひょろだぞこいつ」

「そっか、小抓は見たことないんだっけ。でも大丈夫、小春木さんにかかれば、大体どんな妖怪でもあっという間に」

「そんな……馬鹿な……！」

「名前を見抜いて手帳に封印――はい？」

汀一の自慢げな解説に祐の驚愕の声が割り込んだ。え、何？　どうしたんです？　汀一は説明を中断し、万年筆と手帳を握り締める祐の背中に問いかけた。

「ど、どうしたんですか？　この妖怪が何か？　てかこいつ、何なんです」

「『目が四つで頭三角の大化物』……」

「は？　それが名前か？　見たまんまを言ってるだけじゃねえか。つうか、それだけか」

「え、ええ……。どうにも信じがたいことですが……。ぼくの目は相対した妖怪の本質――その来歴や設定を具体的に読み取れるのですけれど、この妖怪にはそういった情報が何もない！　見た目以上の情報がないので、記述しようがないんです！　おそらくこいつは」

「ウアアアアアアアア……！」

目を光らせていた妖怪、祐の言葉を借りるなら「目が四つで頭三角の大化物」がいきなり吼え、太い両手を前方に突き出した。摑まれそうになった祐がすかさず後方に飛びのき、汀一が小抓を小脇に抱えて校庭へと早足で後退する。「『おそらくこいつは』何なんだよ！」と小抓が戸惑った声で問うと、祐は冷や汗を流しながら口を開いた。

「まだ設定が固定化されていない、比較的新しい妖怪なのでしょう。定番になれずに消えた学校の怪談、あるいは、ただ怖いだけの原初のお化け……！　古い資料を漁れば記録の一つくらいはあるかもしれませんが……」

「そんなものがなんで今出たんだよ？」

「そこまではぼくにも……。ずっと前から夜中のトイレに出ていたけれど、こんな時間に体育館のトイレに行く人はいないので、気付かれなかっただけなのではないでしょうか。もしくは、学校にわだかまっていた妖気が、小抓くんのそれに反応して形を取った？　いえ、プールサイドにいた小抓くんから生まれた怪談話……ぼくらがここに来たきっかけでもあるあの目撃談が、怪異に親和的な気運を高め、彼を覚醒させてしまったという可能性もありますが」

「長いよ！　要するにどうすりゃいいんだ？　ずっとこっち見てるぞ、あいつ」

「だよね……。で、小春木さんの力が通じないとなると」

「とりあえず逃げるしかないでしょうね」

「だな！　後は任せた！」

　祐が撤退を宣言するなり、小抓は提灯を汀一に押し付け、カワウソの姿に転じて校舎の陰へ走り去った。あっ、と叫んだ汀一に、無名の妖怪は四つの目をぎろりと向け、のしのしと歩み寄ってくる。

　迫りくる巨体に気圧されながら、校庭に逃げたのは失敗だったと汀一は気付いた。ここでは身を隠す場所が何もない。小抓のように姿を変えて高速で移動できるならまだしも、こっちは普通の人間なのだ。

「ど、どうします、小春木さん……?」

「そうですね……。どちらかが食べられている間に片方が逃げるというのは」

「発想が怖いですよ！　前から思ってましたけど小春木さん諦めが早すぎます！　二人とも助かる方法考えましょう！」

そう言って汀一が祐の袖を摑んで引き、そんな二人に四つ目の妖怪がさらに一歩近づいた、その時だった。

校庭の一角、何もなかった空間に、火の玉がふいに現れた。

直径おおむね五十センチの球状の炎である。燃え盛る炎の玉というべきか、あるいは球状に固められた炎と呼ぶべきか、見た目は熱そうだが全く熱を感じさせないそれは、地上一メートルほどの高さに浮かんで静止したまま動かない。その光に反応したのか、四つ目の妖怪は火球に向き直って身構え、祐が眉をひそめて訝しむ。

「これは、一体……?　新手の妖怪?　いや、それにしては妖気がない……?」

「よ、妖気がない……!?　あからさまに妖怪ですよね、これ」

「そう言われても、感じられるのは激しい熱だけですし」

「え。熱?　いや、おれ全然熱くないんですが……」

「熱くない?　ぼくははっきりと熱を感じているのですけれど、葛城くんにはその熱が伝わっていないということですか?　つまり、指向性の高熱を発し、妖気を持たない妖怪……?　そんなものがいるのでしょうか?」

「おれに聞かれましても――あ」

「どうしました？」

「おれ、これ前に見たことがあります！　確か三月に」

はっと気付いた汀一が火球を指差す。今数メートル先に浮かんでいるこれは、三月、時雨から弟子入りについての相談を持ち掛けられた少し後、答を出せない自分に悶々としながら一人で街中を歩いていた時に見かけたものとそっくりだ。

「前に見た時はすぐに消えちゃったんですが――」

「ウアアアオオオウ！」

唐突に四つ目の妖怪が火球に向かって咆哮した。追い詰められた獣の必死の威嚇、あるいは全力の虚勢を思わせるその叫びに、静止していた火球が反応した。

「うわっ？」

汀一は思わず手で顔を覆い、目を細めた。火球が一気に倍ほどに膨れ上がり、猛烈な光を放ったのだ。激しいフレアを纏った火球はそのまま四つ目の妖怪へと直進し、燃え盛る炎が巨軀の妖怪を包み込んだ。

「ウ、ウア……！」

大きな体がまるで枯葉か紙屑のように燃え上がる。三角に尖った頭を持つ、四つ目で人食いの妖怪は、短い断末魔だけを残し、あっという間に燃え尽きてしまった。

言葉もなく二人が見つめる先で、火球は、妖怪が完全に焼失したのを見届けると――火球には声も表情もないのだが、汀一にはそう見えた——出てきた時と同じように瞬時に消失し、あたりは再び夜の闇に包まれる。

焦げ臭いにおいだけが微かに残る夜更けの校庭で、二人の男子高校生は呆気に取られて立ち尽くし、ややあって祐が口を開いた。

「今のは……一体……？」

抑えた疑問の声がぼそりと響く。蠟燭の短くなった提灯を手にしたまま、汀一は、それを聞きたいのはおれの方です、と思った。

近頃長町、野町、新竪町各小學校兒童間に於て學校の便所へ「目が四つで頭三角の大化物が夜な夜な現れ人を食い殺す」と云ふ迷信がさも事實らしく言ひ交され校内を化物屋敷のやうに思つてゐる者が澤山をり卅一日午前も長町小學校便所内で數人の女生徒が群がつて「今日は此所から化物が出るぞ」と便所内をさも恐ろしそうに見てゐるので校長はこの迷信を打破すべく便所を隈なく見せて化物のゐない事を兒童達に證明し以て不安を解いたが校長は苦笑しながら語る「全く誰かの惡宣傳です。兒童の父兄からも電話で聞き合せてきましたが、返答に困りました。理性も判斷もつかない子供に迷信を喧傳して不安な心持を與へる事は小さな胸に深い傷を與へるようなもの（以下略）」

（『北國新聞』大正十五年六月二日より）

第六話　五百年分の悔恨

　元々多い雨の日がさらに増え、否応なしに梅雨の近付きを感じさせる五月下旬のある日の午後。汀一は亜香里とともに竪町の商店街を歩いていた。二人とも学校の制服姿で、手には珈琲豆のパックを入れた大きなビニール袋を提げている。

「悪いんだけどさ葛城くん。カフェで使う珈琲豆が減ってきたもんで、明日にでも学校の帰りに竪町のいつものお店で仕入れてきてくれない？　お店には電話で言っておくからさ。一人だとちょっと多いかもしれないし、亜香里ちゃんと一緒に頼むよ。お店の場所は亜香里ちゃんが知ってるから」

　瀬戸にそう頼まれたのは昨日のことだ。竪町は学校から蔵借堂に向かう道中なので、いつものバスを途中で降りればいいだけだし、放課後に亜香里と会えるのであれば断る理由は何もない。汀一は二つ返事で引き受け、商店街入り口で亜香里と待ち合わせて、店で珈琲豆を受け取ってきたのであった。

「カフェで使う豆、普通のお店で買ってるんだね。専門の業者に頼んで持ってきてもらってるのかと思ってた」

「お客が多い店はそうするんだろうけど、うちはそうでもないからねー。出してるお菓子だってほとんど市販だし」

大きな袋を両手に一つずつ提げた汀一の言葉に、隣を歩く亜香里はそう答え、「でも瀬戸さんなりのこだわりはあるみたいだよ」と付け足した。袋二つの汀一に対し、亜香里は片手に袋を一つ、もう片手に傘を二本、自分と汀一の分を持っている。

先週から二人の高校は衣替え期間に入っていた。気温はそこまででもないが湿度が高いため、汀一は半袖シャツ、亜香里は半袖ブラウスにリボンと、二人とも夏服姿である。

普段のエプロンや私服もいいけど、亜香里には爽やかで清純な夏服もよく似合う。いやまあなんでも似合うし何着てても可愛いんだけど……などと汀一が思っていると、ふいに亜香里は嬉しそうな顔を汀一に向け、ほっと安堵するように微笑んだ。至近距離からいきなり笑いかけられ、汀一は困惑した。

「何？　どうしたの急に」

「ううん。汀一、ちゃんと元気になって良かったなと思って……って、ごめんね、何度も同じこと言って」

「そんなことないよ。気に掛けてくれたのは嬉しいし……。ほんと、その節はご心配をおかけしました」

苦笑しながら謝る亜香里に、汀一は歩きながら軽く頭を下げ返した。

汀一が祐や小抓とともに夜の小学校に侵入し、四つ目のお化けや謎の火の玉に遭遇してから、十日ほどが過ぎていた。あの場で祐に話を聞いてもらったことがきっかけで汀一の心は軽くなり、以前のように明るい表情を見せられるようになっていた。

なお、突如校庭に現れて妖怪を焼いてしまったあの火球の正体は、依然不明なままである。小抓は早々に逃げ去っていて火球を目撃していなかったので、汀一と祐が説明したのだが、瀬戸も蒼十郎も大きく眉をひそめるばかりだった。

結局あれが何だったのか気にならないわけではないが、また出てくる気配は今のところはない。妖怪や妖具関連の事件もここのところ起きていないので、汀一は前向きかつ平穏に日々を過ごせていた。

「寂しくないわけじゃないけど、時雨が帰ってきた時に胸張って案内したいしね。そのためにはちゃんと周りを見てないと」

「偉い偉い」

「え、そう？　そんなことないと思うけど……」

眩しそうな視線を向けられて照れた汀一が視線を逸らすと、商店街の柱に貼られた金色のポスターが目に入った。来週に迫った「百万石まつり」のものである。

クラスメートの美也曰く「金沢市内最大の祭り」の開催を知らせる派手なポスターは商店街の方々に貼られており、街路の端々には、週末の交通規制を知らせる看板も立っている。汀一の視線を追った亜香里が「そろそろだね」と声を掛けた。

「汀一は初めてだよね、百万石まつり」

「うん。去年転校してきた時にはもう終わってたから。派手なんだよね」

「派手だよ。百万石だもん。メインイベントは土日のパレードだけど、わたしはその前の提灯行列が好きなんだ」

　いかにも提灯の光の妖怪らしい感想だ。亜香里らしいね、と汀一が相槌を打つと、亜香里は少し恥ずかしそうに頬を染め、「金曜の夜にね」と祭りの解説を続けようとしたが、そこに聞き慣れない声が投げかけられた。

「あれ、亜香里？　何してるの」

「え？」

　正面から歩いてきた眼鏡の女子に声を掛けられ、亜香里が立ち止まる。汀一はそれに合わせて足を止め、自分たちを見ている女子を見返した。眼鏡の似合う端整な顔立ちは落ち着きを感じさせ、着ている制服は亜香里と同じ。ということは。

「亜香里の友達？」

「うん。高森由希（たかもりゆき）さん。去年同じクラスだったんだ」

「へー。あ、どうも、葛城汀一です」

　両手に珈琲豆の袋を提げたまま汀一は会釈した。金沢は広い街ではあるが繁華街はごく一部だし、その中でも若者がうろうろするエリアはなお狭いので、他校の生徒同士がここで顔を合わせること自体は不思議ではない。汀一が名乗ると、眼鏡の女子は「高森由希です」とそっけなく名乗り、眼鏡越しの落ち着いた視線を汀一へと向けた。

「葛城ということは……あなたが噂のバイト君？」

「『噂の』？」

「違うのかしら？　亜香里の家のお店に去年入ったバイトの男子で、弟みたいで手がかかるけど、ごくまれに頼れることもあるって――」

「ちょっと由希！」

慌てて割り込んだ亜香里が、人差し指を自分の口の前に立てる。しっ、と由希を睨む亜香里に、汀一は眉をひそめて横目を向けた。

「亜香里、学校でおれのことどう言ってるの……？」

「へ、変なことは言ってないよ、別に？　にしても話すの久しぶりだね由希」

「そうね。亜香里はお店のお使い？」

「正解。由希は買い物？」

珈琲豆の袋を掲げた亜香里が尋ね、うなずいた由希が近くの店を指差し、それを受けた亜香里がまた口を開く。友人同士の会話に割って入るのも悪いので、汀一は少しだけ距離を取って待つことにした。

両手の袋を柱の傍に置き、ふう、と肩をすくめてあたりを見回す。平日ではあるが行き交う人はそれなりに多く、そしてほぼ全員が傘を持っている。さすが雨の多い街……と感心しながら商店街をぼんやり眺めていると、視界の端で脇道へと消えた人影がふと汀一の目を引いた。

「ん」

直線的な痩身に長めの黒髪、フード付きの紺のレインコートを羽織り、手には赤黒く長い洋傘。後ろ姿が一瞬見えただけだったが、あの背格好や足の運び、それにあの傘には見覚えがある。思わず大きく眉根を寄せると、その表情に気付いた亜香里は由希との会話を中断し、汀一へ向き直った。

「どうしたの？　知ってる人でもいた？」

「うん。……あ、いや。そうなのかな。どうなんだろう」

＊　＊　＊

「商店街で時雨を見たあ？」

竪町で由希と出会った少し後、蔵借堂の隣の和風カフェ「つくも」のフロアにて。

珈琲豆を提げて出勤してきた汀一から話を聞いた小抓は、盛大に呆れかえった声を響かせ、「大丈夫かお前」と顔をしかめた。愛用の籠の中に立つカワウソに冷ややかな視線を向けられ、テーブル席に座った汀一が「いやいや」と掌を振る。

「おれだって、時雨が金沢にいないことは分かってるよ。いつ帰ってこられるか分からないって言ってたし、もし帰ってきてたら蔵借堂に顔を出すはずだし……。だから、単に雰囲気が似てる人だと思う」

「でも時雨だと思っちまったわけだろ」

「それはまあね」

「『まあね』じゃねえよ。要するに、今カノの前で元カレの幻覚を見たってことだろ？　最悪だな」

「そういう言葉どこで覚えてくるの……？　てか今カノでも元カレでもないからね？」

「そ、そうなのか」

「そ、そうだよ！」

「そうそう」

　顔を赤らめて食い下がる汀一の言葉に、エプロンを着けながら出てきた亜香里が笑いながら同意する。まあ実際その通りなのだが、亜香里にそこまではっきり言われると、それはそれでちょっと寂しい。

「てか、実はさ、時雨っぽい人を見かけたの、今回が初めてじゃないんだよね」

「え。マジか。……大丈夫か？　汀一、現実に向き合えてるか？」

「失礼な。大丈夫だし向き合えてるよ」

　ちゃんと顔を上げると自分に誓ったんだから、と心の中で付け加えつつ、汀一はドン引きしている小抓をじろりと睨み、カフェの入り口に目をやった。内開き式のガラス戸には、商店街で見たものと同じポスターが外から見えるように貼られている。

「あのポスター貼ったんですね」

「もうすぐだからね。お祭りもね、見てる分には綺麗で賑やかでいいんだけど……」

　複雑な声で応じたのはカウンターの中でサイフォンを拭いていた瀬戸である。どうかしたんですか、と汀一が問うと、瀬戸は軽く肩をすくめた。

「春の園遊会と同じだよ。ああいうイベントは地元住民が支えるものでしょう？　だからね、今回も、断り切れないお付き合いとかしがらみとか、そういうのが色々と……。僕も蒼十郎もボランティアで出なくちゃいけないし」

「あー、なるほど。お疲れ様です」

「痛み入ります。小春木くんも出なきゃいけないって言ってたけど、ま、それはこっちの事情だからさ。お店も閉めるから、葛城くんたちは楽しんでくるといいよ。天気もどうにか持ちそうだし」

「提灯いっぱい見られるんだよな」

待ちきれない様子で小抓が口を挟んでくる。そういえばこいつ提灯が好きなんだっけ、と汀一が思い返して視線を向けた先で、亜香里が屈み込んで小抓に語りかけた。

「そうだよー。太鼓もたくさん出るんだよ」

「太鼓？」

「あれ。葛城くんは太鼓の話は初耳かい？　あの行事、正確には『子ども提灯太鼓行列』って言うんだよ。市内の小中学生が集められて、みんなで提灯持って太鼓叩いて家まで帰る。遠くからでも音が響いてきてね、あの雰囲気はいいよね」

「妖怪は太鼓好きが多いんだよ。毎年行列に紛れて叩いてる人もいるとか」

「え。ばれないの？」

「ばれないんじゃない？　知らない人や子供がいるのは当たり前だし、『あの子、毎年いるような気がする』って思う人はいるかもだけど」

「さすが妖怪……。にしても、子供が集められて提灯と太鼓持って歩かされるって、変わった行事だなーと思うんですけど、何か謂れがあるんですか？」

「ないよ」

　汀一が見返した先で瀬戸があっさり断言する。なんだそりゃ、と無言で呆れる汀一に、ここで一番の古株妖怪はあっけらかんとした笑いを浮かべた。

「百万石まつり自体、わりかし新しい行事だしね。でも、六月のお祭り自体は昔からやってるんだよ。泉鏡花の『月令十二態』ってエッセイに曰く、『照り曇り雨もものかは。辻々の祭の太鼓、わつしょい〳〵の諸勢(もろぎほひ)、山車(だし)は宛然薬玉(さながらくすだま)の纏(まとひ)を振る。桟敷の欄干連なるや、咲掛(さきかか)る凌霄(のうぜん)の紅は、瀧夜叉姫の襦袢を欺き、紫陽花の浅葱は光圀の襟に擬(まが)ふ。人の往(ゆき)來(き)も躍るが如し』……」

「さすが詳しいですね」

「小春木くんからの受け売りだよ。僕は賑やかなのはどちらかというと苦手なんだけど、昔の文化が形を変えて生き残ってると思うと、古いもの同士、お互い頑張ってるよねって気分になるんだ」

「さすが妖怪」

　しみじみと語る瀬戸を受け、汀一がさっきと全く同じコメントを口にする。そんな会話をよそに、小抓はぴょんと跳んで汀一の頭上に着地し、馴れ馴れしく話しかけた。

「ちゃんと連れてけよ」

「え？　別にいいけど、珍しいね。小抓、いつも一人で行きたがるのに」

「仕方ねえだろ。瀬戸も蒼十郎も、一人で行っちゃ駄目、汀一か亜香里に連れて行ってもらうならいいって言うんだよ」

「人が多いからねー。わたし一人だけでもちょっと心配だし、汀一、悪いけど一緒に行ってくれる？」

小抓のぼやきを受けた亜香里が汀一に話を振る。「悪いも何も！」と汀一は思った。亜香里を誘いたいけど、もう友達と予定入れてるかもだし、断られたらダメージでかいよな、でも誘ってみないと何も始まらないし、いやしかし……とか、ここ数日間ずっと悩んでいた汀一にとっては、この提案は渡りに船以外の何物でもない。慌てて「悪くなんかないよ」と答えると、若干上擦った声が出た。

「でも小抓、ちゃんと人の姿でいろよ？　あと、おれたちから離れないこと。はぐれたら見つけられないぞ」

「大丈夫！　オレ、ケータイ持ってるし」

そう言うと小抓は汀一の頭上から飛び降り、Tシャツ姿の男児に姿を変えると、首に掛けたブルーの端末を自慢げに掲げてみせた。ついこの前瀬戸が買い与えた、完全防水の子供用端末、いわゆるキッズケータイである。機能は少ないがＧＰＳは付いており、瀬戸や亜香里のスマホからも居場所が分かるようになっている。

「いや、それがあるのは知ってるけど……ちゃんと電話かけたら出てよ？」

「出るに決まってるだろ。使い方くらい知ってるし」

不信感に満ちた目を向けられた小抓が汀一をじろりと睨み返す。そこを疑ってるわけじゃないんだよなあ、と汀一は溜息を落とした。

「あ。そう言えばさ、小抓がカワウソから人間になると、服とか靴とか持ち物がいきなり出てくるよね。人からカワウソになった時は笠があったりなかったりするけど、そういうの、どこに入っててどこから出てくるの？」

「なんだよいきなり。オレも知らねえ」

「そうなんだ……」

＊　＊　＊

そして迎えた提灯行列の当日、六月最初の金曜日。汀一は玉川公園で亜香里たちと落ち合った後、提灯行列を見物すべく百万石通りへ足を運んだ。

わざわざ別の場所で待ち合わせなくとも、百万石通りで直接会えばよくない？　と思っていた汀一は、実際に現地に行ってみて自分の考えの甘さを痛感した。小抓には「はぐれたら見つけられないぞ」とか言ったものの、祭りのメインは明日以降のパレードらしいし、今日は地元の子供が提灯や太鼓を持って歩くだけなのだから、そんなに人出はないだろう。そう高をくくっていたのに、道沿いにはずらりと出店が並び、狭くなった歩道は大勢の観光客と地元民でごった返している。

すし詰めで動けないというほどではないにせよ、一か所にぼーっと立ち続けていると顰蹙を買うのは確実で、これは確かに他の場所で合流してから来る方が賢明だ。さすが亜香里は地元民だな、と汀一は痛感し、また、おれちょっと浮かれすぎたかな……とも思った。

せっかく祭りを見に行くのだから、ということで、祖母が出してくれた甚平を着て来たのだが、小抓はいつものTシャツにハーフパンツ姿、亜香里もシンプルなTシャツに吊りスカートという、普段通りにカジュアルな出で立ちだったのだ。

甚平にサンダルで巾着袋を提げ、腰に団扇まで差した汀一を見るなり、小抓は「うわ、馬鹿がいる！　浮つきすぎだろ」と言い放った。汀一は顔が真っ赤になり、そのまま家に帰りそうになったが、亜香里が「大丈夫。似合ってるし可愛いよ」とフォローしてくれたので、事なきを得た。

実際にこうして百万石通りまで来てみれば、和装の見物客もそれなりに多く、汀一の姿が浮いていることもない。観光客らしき着物姿の女子グループや小抓と手を繋いだ汀一の甚平を見て、亜香里はしみじみと声を漏らした。

「わたしも浴衣着てくれば良かったかなー」

「着てくれば良かったと思う！　見たかったなー、亜香里の浴衣」

「ありがと。実はちょっと迷ったんだけどね。でも、今回は小抓もいるから、動きやすい服の方がいいかなって」

「確かに。逃げたら追っかけないといけないしね」

「人聞きが悪いぞ。オレ、逃げたことなんかねえし」

「堂々と嘘を吐くなよ」

歩道の脇でそんな会話を交わしているうちに、南の方角から太鼓の音が聞こえてきた。どーん、どーんという懐かしい響きに視線を向ければ、無数の赤く丸い光が近付いてくる。

「おっ、来た！」と小抓が声をあげた。

歩道の見物客が見守る中、赤い提灯を手にした大勢の子供たちが、車道の脇を列をなして進んでいく。子供たちは規律正しく無言で整列しているわけでなく、普通の洋服に法被を重ねた姿で談笑しながら歩いているのだが、それがなおさら不思議な雰囲気を醸し出しており、汀一は、へえ、と声を漏らした。

「綺麗なものだね」

「でしょ。和紙を透かすと光は優しくなるんだよね」

「なるほど……。さすが亜香里」

「さすがって言われることなのかな、それ。でも、汀一に見せられて良かった」

嬉しそうに亜香里が微笑む。優しくて明るく、どこか誇らしげなその横顔に、汀一の胸が熱くなる。汀一は、ぞろぞろと続く提灯行列と、それをうっとり眺める亜香里とにしばし見入り、ややあってはっと気が付いた。

ずっと握っていたはずの小さな手の感触が、いつの間にか消えているのだ。慌てて右手の先を見下ろすと、案の定と言うべきか、小抓の姿はそこにはなかった。

「あれ!?　小抓?」

「どうしたの?」

「う、うん……。亜香里、小抓どこ行ったか知らない……?」

「汀一と手を繋いでたんじゃないの?」

「それが、気が付いたらいなくなってて……。ごめん……」

当たり前の疑問を口にする亜香里に怪訝な顔で見つめられ、汀一はそっと視線を逸らして口ごもった。亜香里の横顔に見とれて小抓のことを忘れていました、とはさすがに言えない。亜香里は一瞬だけ顔をしかめたが、すぐに普段の頼もしい表情に戻って言った。

「ちゃんと見てなかったわたしも悪いもんね。小抓、多分、たくさんの提灯を見て、我慢できなくなっちゃったんだと思う」

「カワウソって提灯が好きで、ちょっかい出そうとするらしいしね……。ってことはあいつ、行列を近くで見ようとして……?」

「それか行列に混ざったのかも。この前も言ったけど、これだけの人数だし、色んな学区の子が来るから、一人二人知らない子がいても気にされないんだよ」

溜息を落とした汀一に亜香里が地元民らしいコメントを返す。ともあれ、迷子になった小抓を放っておくわけにもいかない。最近はある程度自制できるようになってきたとは言え、祭りの空気に浮かされて何かやらかす可能性は大いにあるのだ。

というわけで汀一は、亜香里ともども道の端に寄り、小抓の携帯に電話を掛けた。呼び出し音が数回鳴った後、妙に緊張感のある微かな声が聞こえてくる。

「……も、もしもし？」

「小抓か？　はぐれちゃ駄目だって言ったよね？　今どこに――」

「どこって、それどころじゃねえんだよ今」

「え。何？　ごめん、声が小さくてよく聞こえない」

「だって、大きな声出すと気付かれるだろ……！」

「『気付かれる』？　小抓、何の話を」

「だから今説明してる場合じゃ――げーっ！　また出た！　くそ」

泡を食った叫びが響き、ブツンと通話が切れてしまう。要領を得ない会話と、それでも確かに漂ってきた異様な緊迫感に、汀一の胸がざわついた。何があったかはさっぱりだが、少なくとも、祭りの夜に迷子になって困ったなあという感じではない。小抓の今の口調は、ハコツルべに追われていた時とそっくりだったのだ。

「……亜香里、今のどういうことだと思う？」

「『また出た』って言ってたよね。何かに追われてるみたいな……」

すぐ隣にいた亜香里にも会話の内容は聞こえていたようだ。亜香里は心配そうに眉をひそめ、自分のスマホを取り出した。汀一にも画面が見えるように持ちながら見守りアプリを立ち上げ、小抓の携帯の位置をサーチすると、近隣の地図と三重丸が表示される。小抓の居場所を示す丸の下に記された施設の名を、汀一は思わず読み上げていた。

「『金沢城公園』……？」

今いる百万石通りから金沢城公園までは、直線距離にして二百メートルもない。小抓のすばしっこさを思うと、そこにいるのは不思議ではないけれど……。

「でも、なんでこんなところに？　今夜って、お城でもイベントあるんだっけ」

「ううん。明日と明後日は色々あるけど、今日は何もないはずだよ」

「だったら」

「あ、動いた！」

汀一の疑問の声を遮って亜香里が手にしたスマホを見つめる。その言葉通り、液晶画面の中では、金沢城公園の外縁部にいた三重丸が公園の内側へと動いていた。どうやら小抓はかなりの速さで移動しているようだが、しかし、どうして……？　二人は不安に突き動かされるようにどちらからともなく見つめ合い、先に亜香里が口を開いた。

「探しに行かないと。来てくれる？」

「もちろん！　行こう」

かくして亜香里と汀一は喧騒に包まれた通りを離れ、太鼓の音を背中で聞きながら、金沢城公園へと向かった。

　堀と石垣で囲まれた広大な公園は、祭りの夜とは思えないほどひっそりと静まり返っている。当然この時間は立ち入り禁止だが、小抓の安否に関わることだし、背に腹は代えられない。二人は柵の隙間を抜け、暗い公園へと忍び込んだ。

「亜香里、小抓の位置は」

「二の丸広場から動いてない。こっちだよ」

「ありがとう。あのさ、もう一回電話掛けた方がいいと思う？」

「やめた方がいいよ。『気付かれる』とか言ってたし」

「了解」

　見回りがいるわけでもないので小声になる必要はないのだが、二人はなんとなく抑えた声で言葉を交わした。

　明日のイベントに備えてのものだろう、公園のあちこちにはカラーコーンや仕切りバーなどが積まれ、広場には大きなステージが組み上げられている。そんな屋根付きのステージの近く、アスファルト敷きの歩道の上に、青色のキッズケータイが転がっていた。

「これ……小抓のだよね」

「うん。ＧＰＳはここだって言ってるし……。急いで走って落としたのかな」

　携帯を拾い上げた汀一に亜香里はそう答え、見守りアプリを終了した上で、携帯の落ちていた場所の周りに目をやった。アスファルトの上には濡れた小さな足跡が幾つか残っていたが、植木の木立に逃げ込んだあたりで途切れてしまっている。こうなるともう、何かがあったのは――携帯を落としても気付かないか、拾う余裕がないほど必死に逃げなくてはならないほどの事態が起きたのは――確実だ。真剣な顔で亜香里が口を開く。

「手分けして探そう！　まだ近くにいるはずだから」

「わ、分かった……！　いや、でも、亜香里一人で大丈夫？」

釣り込まれてうなずいた直後、汀一は慌てて言い足した。小抓はもちろん心配だが、女子高生が夜の公園で単独行動というのはそれはそれで危うい気がする。と、気遣われた亜香里は、一瞬きょとんと目を丸くした後、「大丈夫」と微笑んでみせた。

「これでもわたしは妖怪だもん。自分の身は自分で守れるよ」

「ほんとに？　いや、でも、送り提灯には戦えるような力はないって言ってなかった？守るって具体的にはどうやって」

「心配性だなあ。だから、街灯をスパークさせて相手の目を焼くとか、放電するとか」

「……亜香里、意外と強かったんだね」

あっさり告げられた物騒な手段に若干身を引く汀一である。亜香里は「この前のヒンナの一件の後、試してみたらできたんだよね。成長したってことかも」と笑顔で付け足し、真面目な表情に戻った。

「わたしはあっち――南の方を見て回るから、汀一は北の方をお願い」

「了解！　そうだ、瀬戸さんや蒼十郎さんには言わなくていい？　あと小春木さんとか」

「連絡しておくけど、今夜はみんなボランティアだから、気付いてもらえないかも」

「あー。だったらやっぱり、おれたちで探すしかないか……」

亜香里の言葉を受けた汀一はそうつぶやき、ぐっと気を引き締めた。小抓の携帯を摑みなおし、公園の北側へと向き直る。

この公園には前に小抓の子守で来たことがあるし、その前後にも何度か来ているので、大体の地理は頭に入っている。ここから北となると、橋を渡り、河北門や石川門あたりを見て回って、新丸広場から黒門へ向かえばいい。

「じゃあ、亜香里、気を付けてね」

「うん。汀一もね」

「うん！　……あの、本当に気を付けてね」

「分かってるってば」

「本当に、これでもか、これはさすがにいくらなんでもちょっと警戒しすぎじゃないかってくらいに気を付けて」

「いいから早く行きなさい！」

「はい！」

＊　＊　＊

「小抓ー。いたら返事しろー」

　亜香里と別れた後、汀一は小抓の名前を呼びながら夜の金沢城公園を歩き回った。立ち入り禁止の区域に侵入している身としては大声を張り上げるわけにもいかず、かと言って聞き取れないほど小さい声では意味がないので、結果的になんとも中途半端なボリュームになっている。

　ところどころに外灯は立っているものの、イベント用の機材があちこちに積まれている上、ステージやテントがそこら中に立っているおかげで暗がりが多く、見通しも悪い。提灯太鼓行列は既に町中に散開しつつあるのだろう、途切れ途切れの太鼓の音が四方から微かに鳴り響いている。風情のある音だとは思うが、夜の暗い城跡に一人きりという状況では、どうしても不気味に感じてしまう。

「うう、気味悪い……。小抓ー、早く出てこーい。いるんだよなー。亜香里は大丈夫かな……。小抓ー、無事だよなー、亜香里も……」

　そんな具合に、呼びかけとも独り言ともつかない声を響かせてうろうろ彷徨うこと十五分余り。兼六園へと繋がる石川門の少し手前、古い石垣の前を通った時、暗がりの中から抑えた声がぼそりと漏れた。

「て、汀一か……？」

「小抓ー、あんまり心配させ――え？　小抓？」

　呼びかけを止めて声の方へと向き直ると、石垣の隙間から細長い獣がおそるおそる顔を出した。カワウソの姿になった小抓である。おっかなびっくり全身を見せる小抓を見て、汀一はほっと胸を撫で下ろした。

「やっと見つけた……！　心配したよ。無事で良かったけど、何があったの？」

「あ、うん……。オレ、提灯行列がどこまで続いてるか見たくてさ。すぐ戻ればいいだろうと思って、汀一の手を放して……」

視線の高さを合わせるべく屈み込んだ汀一の前で、カワウソ姿の小抓がぼそぼそと語る。単独行動を取ったことは悪いと思っているようで、その態度は珍しく殊勝であった。

「で、行列の後ろを見たくて走ってたら、こっちの……この公園の方の暗がりに、赤くて丸い光が一つ見えたんだよ」

「赤くて丸い……？　提灯？」

「オレもそう思ったんだ。こっちにも提灯があるんだなって思って、ちょっと見に行ってみたら――げっ！」

「な、何？　どうしたの？」

「また出やがった！」

説明を中断した小抓が小さな手で汀一の後ろを指し示す。汀一が慌てて立ち上がりながら振り返ると、小抓はその頭上に飛び乗り、「こいつだよ！」と叫んだ。

「オレが見た赤くて丸い光の正体！　何者なのかは知らねえけど、やばいってことだけは確かに分かるんだ！　絶対関わっちゃいけないものだって、妖怪の本能が言ってるんだよ！　くそ、逃げ切ったつもりだったのに……！」

「え？　いや、ちょっと待って、落ち着いて！　てか、これって──」

頭上でガタガタ震える小抓を押さえつつ、汀一は十メートルほど先に浮かぶそれへと──中空に浮かぶ球形の炎へと目をやった。自分はこれを知っている。

「この前小学校で出た火の玉……！　ほら、小抓を追っかけてた四つ目のお化けの」

「あれを一瞬で焼いちまったってやつか？　その話は聞いたけど、こんなのとまでは知らねえぞ！　全然熱くないとか言ってたくせに、すげえ熱いし！」

「小春木さんと同じパターン？　おれ、全然熱を感じないんだけど、小抓は熱いの？」

「熱いし怖えよ！　多分こいつは妖怪全部にとっての──来るぞ！　避けろ汀一！」

汀一の髪を引っ張って小抓が叫ぶ。その怯えに反応するように、火球は一回り巨大化し、汀一たちに向かって突っ込んできた。汀一が慌てて左に飛びのくと、直進してきた火球は背後の立木に当たってゴムボールのように跳ね返り、そして再び中空で静止した。距離を取って身構えながら、汀一は訝しんだ。なんだこいつ。

「今、木に当たって跳ね返ったよね。木は焼けないのか……？」

「でも妖怪は焼くんだよ！　本能で分かる！　逃げろ！」

「逃げろって言われても……走って逃げて大丈夫？　こっちに反応してるよね」

頭上でけしかける小抓を右手で押さえ、汀一が不安な声で問い返す。自分がじりじりと左右に少し動くと、火球もそれに応じて微動する。汀一ではなく小抓に、つまり純粋な妖怪にのみ反応しているのかもしれないが、だとしても不用意に動けないことには変わりない。どうしよう、と歯噛みした汀一の前で、火球はさらに一回り大きく、直径一メートルほどにまで巨大化した。「ほら見ろ!」と小抓が絶叫する。

「早く逃げないからでかくなったじゃねえか! アホ! のろま! 優柔不断!」

「そ、そんなこと言われても……!」

「——落ち着け、二人とも!」

突如響き渡った誰かの声が、汀一と小抓の口論を遮った。

凛としていて張りがあってよく通り、そして確実に聞き覚えのあるその声を聞くなり、汀一は頭上の小抓のことすら一瞬忘れ、反射的に振り返っていた。「危ねえ!」と叫んだ小抓が慌てて髪の毛にしがみつく。

その痛みをどこか遠くに感じながら汀一が見つめた先、明日のイベントのために組まれたステージの上に立っていたのは、赤黒い洋傘を手にしたレインコート姿の若者……いや、少年だった。

身の丈一七六センチのすらりとした痩身で、その背筋は傘の柄か骨のように直線的だ。艶やかな黒髪は長く、前髪は左目に、襟足が首筋に掛かっている。

火球の放つ光があるとはいえ、光源の少ない夜の公園なので、ステージ上に立つ人物の顔形ははっきりとは見えない。だが、ついさっき耳に届いた声と、今目に映っている立ち姿だけで、判別するには充分だ。充分だけど、と汀一は訝った。

「そんなはずはないよな……。そうだよ、あいつが今、金沢にいるはずはないんだし……だとしたらよく似た誰か……？　あ、でもこの前竪町で見た時と同じ服だけど……いや、同じ服着てて同じくらいの背丈の人なんか探したらいくらでもいるだろうし、何なら幻覚とかそういう可能性もあるし、だからやっぱりあれはあいつじゃ」

「長えしうるせえ！　どう見ても時雨だろ！」

ブツブツと口早に響く汀一の自問を小抓がばっさり遮った。ダイレクトな指摘を受け、無意識のうちにその名前を口に出すのを避けていた汀一がはっと息を呑む。その隙を突くかのように――あるいは念を押すように、ステージ上の人物は再び声を響かせた。

「無事か、汀一？　それに小抓も！」

この三月までは何度も聞いており、ここ二か月間はご無沙汰だった友人の声が、夜の公園に確かに響く。汀一は勢いよく「うん！」と首を縦に振り――また小抓が落ちそうになって慌てて髪を掴んだ――その上で「でも」と言い足した。

「時雨、なんでここに？」

「そうだよ！　つうか時雨、この火の玉のこと何か知って――あれ」

小抓がきょとんと絶句する。つい今しがたまでそこに浮かび、汀一たちを威嚇するように炎を揺らめかせていたあの火球は、いつの間にか消えていたのだ。

時雨と再会できたのは嬉しいが、何がなんだか分からない。困惑する汀一が視線を戻すのと同時に、時雨はステージから飛び降り、二人の元へと駆け寄ってきた。外灯の光に照らしだされた色白の顔は、間違いなく二月前に分かれた友人のものだ。

「やっぱり、ほんとに時雨だよね」

「ああ、僕だ。久しぶりだが、変わりはなかったか?」

「色々あるにはあったけど、今のところは大丈夫。そのレインコートかっこいいね」

「あ、ありがとう……。君の甚平もなかなか様になっている」

「え。そう? ありがと。小抓には浮ついてるって馬鹿にされちゃったんだけど」

「服を褒め合うのは後にしろ後に! 今は他にもっと話すことがあるだろ!」

汀一の頭上で小抓がキレた。もっともである。二人がおとなしく黙り込むと、小抓は汀一から時雨の頭の上へ飛び移り、「やっぱこっちが落ち着く」と一息吐いた上で、体を伸ばして時雨を見下ろした。

「で。魎子の弟子になって金沢を出たはずのお前が、なんでここにいるんだよ。時雨が帰ってきたことと、あの火の玉は関係あるのか? つうかあの火は何なんだ」

「質問が多いな。あの火の玉は『陀羅尼の火』と呼ばれるものだ」

「ダラニノヒ? その名前って」

どこかで聞いたことがある、と口にしようとした矢先、汀一の脳裏に数か月前の蒼十郎の言葉が蘇った。

——通称『陀羅尼の火』。仏教系の秘法によって生み出される、あらゆる妖怪を焼き尽くす火球。俺たちにとっては厄介な呪術だ。

「ああ！　あの妖怪を全部焼くってやつか！」

「そうだ。あれほどまでに活性化しているとは誤算だったが、師匠もそろそろ金沢に来ているはず。間に合えばいいんだが……」

汀一の問いかけに短くうなずき、時雨が西の方角へ目を向ける。「師匠」というのが魎子のことなのは想像がつくが、それ以外は依然さっぱりだ。汀一と小抓が顔を見合わせて同時に首を捻ると、時雨は「順を追って説明しよう」と言葉を重ねた。

陀羅尼の火は今から五百年ほど前、深夜に現れる妖怪たちの行列「百鬼夜行」を恐れた都の役人の命により、さる仏僧が放ったものなのだ……と時雨は語った。

その炎はあらゆる妖怪を焼きつくし、いかなる妖怪の力も通じない。一般的な呪術や呪法は仕掛けた者が死ぬと消滅するが、陀羅尼の火は、地脈、すなわち大地に流れる天然のエネルギーを利用しているため、半永久的に動き続けることができるのだという。

「術を施した僧侶はとっくの昔に亡くなったろうが、陀羅尼の火は動き続けている。今の言葉でたとえれば、無限の燃料とバッテリーを有し、火炎放射器を装着した自律型のドローンのようなものだ。しかも絶対に壊せない」

「おっそろしくたちが悪いね……」

「でも時雨はさっき追い払ったよな？　時雨が出てきたら消えたじゃねえか」

「あ、確かに」

「え？　いやあれは……実は、僕は何もしていない。あれは偶然消えたんだ」

「は？」

「今の陀羅尼の火は、挙動がかなり不安定なんだ。狙いをつけた妖怪の他に別の妖怪が現れたことで――小抓を狙っていたところに僕が来たので、どうすべきか分からなくなって、一時的に消えただけだと思う」

「そ、そうなの？　おれ、てっきり時雨が助けてくれたもんだとばかり」

「感動して損した！　つうかお前、特に手立てもないのに飛び出してきたのかよ。馬鹿じゃねえの？」

「うう……」

小抓に糾弾された時雨が言葉に詰まって視線を逸らす。その情けなさは汀一の記憶の中の時雨と同じで、汀一は少し安堵した。随分成長したのかと思ったが、どうやらこの友人、あまり変わっていないようだ。

「いやー、時雨は時雨だなあ」

「どういう意味だ？　それに、なぜそんなにニコニコと……？」

「ごめん、ちょっと安心しちゃって。でも、来てくれたことは嬉しかったよ、ありがとう！　で、それで？」

「あ、ああ」

汀一に率直な感謝を向けられて照れたのだろう、時雨は一瞬顔を赤らめて黙り込み、その上でさらに解説を続けた。

陀羅尼の火の脅威に際し、当時、器物系の妖怪のまとめ役であった塵塚怪王こと魎子は一つの手を考えた。行列を仕切る妖怪である塵塚怪王は、「流れ」というものをある程度コントロールできる。魎子はその力でもって、陀羅尼の火の攻撃対象を、「あらゆる妖怪」から「塵塚怪王」一体へと絞り込んだのだ。

　結果、その他の妖怪たちは、いきなり焼かれる心配をしなくて済むようになったが、魎子は永遠に逃げ続ける宿命を背負うことになった。地脈を利用した呪法である陀羅尼の火は、ターゲットの気配を大地を通じて感知し、どこにでも現れることができる。

「分かりやすく言うと、師匠が一所（ひとところ）に長く留まれば、陀羅尼の火が出てしまうんだ」

「厄介な……！　って、じゃあ、千里塚さんがずっと旅を続けてるのは――」

「そうだ。定住しないんじゃない。できないんだ、あの人は」

　時雨がきっぱり断言し、それを聞いた汀一は魎子の背負ったものの大きさに絶句した。黙り込んだ汀一と入れ替わるように、「ちょっといいか」と小抓が口を挟む。

「その火は元々、妖怪を片っ端から狙うはずだったんだよな？　変なこと聞くけどよ、もし万一、魎子がやられちまったら、その後はどうなるんだ……？」

「分からないと師匠は言っていた。役目を終えたと判断して消滅するか、あるいは本来の使命を取り戻して無差別に妖怪を狙う可能性も……」

「えらいことじゃねえか！」

「そうだ。だから師匠はずっと対策を練っていた。だが陀羅尼の火には一切の妖怪の力は通じない。魔王の木槌――槌鞍さんのように、現実そのものを改変する妖具を使っても駄目だったそうだ」

「じゃあ何やっても無駄じゃないの……？」

「術を使った坊主に取り消させるってのはできないのか？　その坊主がもういないなら、弟子とか跡継ぎとか」

「それももちろん考えたそうだ。だが陀羅尼の火は、退魔の術に長けたとある無名の僧のみが使えたという一世一代の特殊な呪術。後継者はおろか、記録も残っていないらしい」

「マジか。だったらそれ……もう、どうしようもないんじゃねえのか？」

「いや、そうでもない。師匠は発想を変えたんだ。取り消すのでもなく砕くのでもなく散らすのでもなく、消滅させてしまうのならどうだ、と。陀羅尼の火という存在そのものを、丸ごとこの世界から消し去ってしまえばいいと」

「消滅？　でも、そんなことって――ん？　待った。もしかして、それ」

「あっ！　あいつか！」

はっと息を呑んだ汀一に続いて小抓が叫ぶ。魎子の思惑を察した二人を前に、時雨は無言で深くうなずき、汀一たちにとっても印象深い妖具の名を口にした。

「そう。ハコツルベだ。自身の内側に収めたものを、食べるでもなく散らすでもなく、完全に消失させてしまう稀有な妖具。あのハコツルベなら間違いなく陀羅尼の火に打ち勝てる……いや、消し去れる。そう確信して、師匠はずっとハコツルベを追っていたんだ。あれはあれで出たり消えたりするから、尻尾を掴むのが大変だったそうだが」

「ちょっと前にようやく捕まえられたってことか……」

魎子が金沢に現れたのはハコツルベを追ってきたからで、やっとそれを捕まえた魎子は制御するための加工を始めたが、しかし一か所に滞在できる時間には限界がある。場所を変えて加工を続けるためには、妖具の扱いに慣れたアシスタントが必要で、だから時雨に声を掛けた……。

無関係だと思っていた事柄が数珠つなぎに連なっていく。深く得心する汀一たちの前で、時雨はさらに先を続ける。

金沢を出た魎子は、広島の知り合いの妖怪のところに作業場を借りて、時雨とともにハコツルベの加工を続けていた。だが、ある日の休憩中、時雨が何気なく口にした「そう言えば、金沢にいた頃、汀一が奇妙な火の玉を見たと言っていました」という言葉から、陀羅尼の火が既に金沢に現れていたことを知ったのだ。

金沢に長居しすぎたと気付いた魎子は焦った。陀羅尼の火のターゲットはあくまで魎子だが、近くに居合わせた妖怪を自動的に襲いもする。魎子はひとまず時雨を金沢に戻して陀羅尼の火を探らせ、自分は三次に残ってハコツルベの加工を急ぐことにした。

「そんなわけで、僕は単身金沢に戻ってきた。半月ほど前のことだ」

「色々あったんだね……って、半月前？　時雨、そんな前から金沢にいたの？」

「……いた。師匠から教えてもらった宿で寝泊まりしながら、陀羅尼の火の気配を探っていたんだが、実を言えば、汀一とは何度かニアミスしていた」

「やっぱりな！　聞いたか小抓！　幻覚じゃなかったぞ！」

「何を興奮してるんだよ。つうか時雨、なんで一人でこそこそしてたんだ？　みんなに声掛けりゃよかったじゃん」

「う。いや、それはそうだが……腹を括って出て行ったはずなのに、もう帰ってきたのかと思われそうで……。何より、また皆に会って里心が付いてしまうと、別れが辛くなるだろう？」

「あー、なるほどね。それは分かるけど……でも、おれは時雨にまた会えて嬉しいよ」

時雨の話を聞く限り、事態はかなり急を要してしまっている。へらへらと旧交を温めている場合ではなさそうだが、それでもなお汀一はこみ上げる喜びを抑えきれなかった。親しげな笑みをしっかりと浮かべると、時雨は押し黙り、色白の肌を薄赤く染めた。

「き、君はまったく……そういうところは変わっていないな！」

「なんで怒るんだよ」

「怒ってはいない！　照れだ！　ああ、そう言えば汀一。君は先週、竪町で亜香里と二人で歩いていたが」

「うん、歩いてたけど、それが何か」

「もしかして僕が金沢を出た後、君たちはその……付き合い始めたりしたのか……？」

「は？　時雨お前何を！」

　今度は汀一が照れる番だった。言葉を失って赤くなる汀一に代わり、時雨の頭上で小抓が呆れる。

「そんなわけあるか。こいつら何にも変わってねえよ」

「そ、そうなのか？　君たちが付き合っていた場合、僕はどう接するべきか、ずっとシミュレーションしていたというのに……一体何をしていたんだ君は！」

「だからなんで怒るんだよ！　と言うか、別に全然変わってないわけじゃないし……実際、亜香里とは前より仲良くなれてると思う」

「あ、いたいた！　汀一、時雨！」

　赤い顔の汀一がぼそぼそ漏らした反論に、明るい呼びかけが重なって打ち消した。今まさに話題になっていた人物の声に、汀一が驚いて押し黙る。時雨や小抓が視線を向けた先から、亜香里が大きく手を振りながら現れた。その隣には魎子の姿もあった。

　急ぎ足で駆け寄ってきた亜香里は、なぜか顔を赤らめている汀一を不可解そうに一瞥した後、姉弟分の少年へと向き直った。糾弾するような強い視線で見上げられ、時雨が気まずげに目を逸らす。

「ひ、久しぶりだな、亜香里。実は」

「さっきそこで魎子さんに会って事情は全部聞いたけどさ、金沢にいたなら顔出しなさいよ！　汀一がどれだけ寂しがってたか！」

「す、すまない……」

「まあまあ。時雨にも思うところはあったわけだし」

見かねた汀一がおずおず割り込むと、亜香里は「汀一はほんとに時雨に甘いんだから」と呆れたが、とりあえず糾弾を止めてくれた。「相変わらず賑やかじゃのう」と明るく笑ったのは魎子である。夏が近いからだろう、あの赤のコートではなく、鮮やかな紅のアロハにジーンズという出で立ちの魎子は、腕を組んで汀一や小抓を見回した。

「陀羅尼の火がもう妖怪を焼くまでに成長してしまったという話は瀬戸から聞いた。汀一と小抓は、いきさつは時雨から聞いてくれたか？」

「はい。あ、でも、一つだけ分からないことがあって……陀羅尼の火のこと、どうしておれたちに隠してたんですか？」

魎子が悪いわけでもないのだから、別に隠すことでもないだろうに。そう思って汀一が尋ねると、長身で長髪で長寿の大妖怪はなんとも申し訳なさそうに自嘲した。

「……怖がられたくなかったんじゃよ。わしと陀羅尼の火のことは、古株の妖怪にはよく知られておる。瀬戸や蒼十郎のように昔ながらの付き合いをしてくれるものもおるが、自分の住む場所には来てほしくないと思っておる連中も多いんじゃ。まあ当然じゃな、わしが長居すると陀羅尼の火が出てしまうし、あれは近場に妖怪がいれば見境なく焼くわけじゃから。そういう扱いにも慣れたとは言え……だからまあ、あれじゃ。知らんやつには知らんままでいてほしかった、ということじゃな。情けない話じゃがな」

「そんなことはないと思います。千里塚さんは偉いですよ」

肩をすくめた魎子の自虐を汀一は思わず否定していた。

魎子の心情は充分理解できるものだし、それに、魎子が陀羅尼の火のターゲットを自分に絞らなければ、瀬戸たちが金沢で古道具屋をのんびり営むこともできなかったろうし、そうなると自分は時雨や亜香里と出会えなかったはずなのだ。

共感と尊敬と感謝を汀一が込めて見上げた先で、魎子は「人間に褒められたのは初めてじゃ」と嬉しそうに笑い、真剣な面持ちを時雨に向けた。

「時雨、陀羅尼の火は」

「先ほどここに出て、消えました。すみません、僕がもっと早く見つけられていれば……」

「気に病むな。そもそもわしが無理を言うたんじゃ」

「はい……。師匠が来られたと言うことは、ハコツルベの加工は間に合ったんですか？」

「それがなあ、まだなんじゃ。もう一息なんじゃが、よりによって、今は作業の大詰めの大詰め、一番デリケートなところでなあ」

「デリケート？」

「今のハコツルベは、ちょっとした刺激ですぐ覚醒してしまうということじゃ。ひとまず蔵借堂の工房に勝手に置いてきたが、絶対安静状態で――む」

ふいに魎子は解説を中断し、鋭い視線を空へと向けた。「来たか」と漏れる小さな声。それに釣られた一同が見上げた先、金沢城公園のシンボルでもある石川門の上方に、赤い火球が出現する。

陀羅尼の火である。

大きさは先ほど消えた時と同じく一メートルほど。球形の本体にゆらめくフレアを纏って浮かぶそれを見るなり、亜香里が大きく息を呑んで身を強張らせた。本能的な恐怖を覚えたようだ。

「亜香里、大丈夫？」

「う、うん……！　でも、こんな怖いもの、初めて見たよ……！」

「安心せえ。この場にわしがおる以上、あれはわししか狙いはせん」

怯える亜香里に笑いかけ、魎子が一歩前に出る。汀一や小抓ら若い世代が見つめる先で、魎子こと塵塚怪王は、喜んでいるかのようにフレアを揺らめかせる火球を見つめ、口を開いた。

「面と向かって会うのは久しぶりじゃが、思えば、お前とも長い付き合いじゃなあ、陀羅尼の火殿？　と言うても、言葉は通じんが」

「あ、あの、師匠？　一体どうするつもりなんです……？」

「仕方あるまいよ。時間切れじゃ」

不安げに問いかける時雨に振り返ることなく、魎子がからりとした口調で答える。そのあっさりとした返答に、汀一たちは言葉を失った。時間切れって、それってつまり……。

「自分が犠牲になるってことですか？　そのつもりでここに？」

「だ、駄目だよそんな！」

「そうだぞ！　なんかあるだろ、ハコツルベ取ってくるとか！」

汀一に続き亜香里や小抓が慌てて声を掛ける。だが魎子は肩越しに振り返り、軽く首を横に振った。

「今のハコツルベはデリケートな状態と言うたじゃろう。慎重に運ばんとすぐに覚醒してしまうし、さすればあいつはとっとと虚空に消えるに違いない。紋様を彫り込んだ職人が妖力を流せば一時的には制御できるが、それもせいぜい数十秒」

「そ、そうなんですか？　そういうものなの時雨？」

「……ああ」

「そんな……いや、でもまだ何か――」

まだ何か他に手があるはずでしょう。

そう言い切ることは汀一にはできなかった。時雨の話によれば、魎子は既に思いつく限りの方法を試しているのだ。これまで何度も直面してきた現実、知識も力も何もないただの人間は全く役に立たないというその事実を改めて突き付けられ、汀一は黙り込むしかなかった。

焦る一同をよそに、浮遊していた陀羅尼の火は静かに地上近くまで舞い降り、魎子の数メートル前で静止した。狙いを定めているようだ。火球との間合いを測りつつ、「なるべく離れておれ」と魎子が言った。

「事が済めば、こいつは消滅すると思うが、本来の役目を思い出す可能性もなくはない。良いな」

「し、しかし……！」

「しつこいぞ時雨！」

「しつこくもなります！　僕は」

「くどい！」

本気で魎子のことを慕っているのだろう、時雨が必死に食い下がるが、それを当の魎子がすかさず遮る。何か言わないと、と汀一も思うものの、提案できる策などあるわけがない。無力さを痛感しながら黙り込む汀一の隣、歯嚙みする時雨の頭上で、小抓がぼそりと口を開く。

「……逃げようぜ」

「小抓!?」

「仕方ねえだろ！　時雨の気持ちも分かるけどよ、相手は妖怪を……妖怪だけを絶対に焼く火の玉で、何をどうやっても敵わねえんだろ？　だったら逃げるしかねえだろうが！　オレだってムカついてるし、こんなのを仕掛けたクソ坊主も許せねえけど」

「そこまで言うな小抓。これを放った僧侶も、わしら同様、同族の安全と平穏を祈っておったはずなんじゃ。……ただまあ、ちとやりすぎたと後悔していてくれると、わしとしては嬉しいがな」

悔し気に声を荒げる小抓に魎子が穏やかに語りかける。

その、極めて何気ない、おそらくはなんの根拠もないコメントをきっかけに、汀一はふと、数か月前の玉川公園で聞いた言葉を思い出した。

——もしも、自分が作ったものが、取り返しのつかない行いを為すものであったなら、作り手はずっと後悔し続けることになるのです。いつまでも、いつまでも、永遠に。

僧形の妖怪・木魚達磨の罪悪感に苛まれた表情と声が、汀一の脳裏に蘇る。

そう言えば、あの人も後悔したって言ってたな。心の中でぼそりとつぶやいたその直後、汀一は「あっ」と声を発していた。

——大方そのご老体も、古い知り合いの知り合いか身内か何かじゃろうし、わしの前に顔を見せんのも、わしの安否を気に掛けるのも、何かしらの事情があるんじゃろう。

——術を施した僧侶はとっくの昔に亡くなったろうが、陀羅尼の火は動き続けている。

——使い手の強い思念が宿るとただの道具も妖具になる、と聞いたことがある。

——それに、これは誰かに話してどうなることでもないのです。私は、取り返しのつかないことをしてしまったのですから……。

——熱くない？　ぼくははっきりと熱を感じているのですけれど、葛城くんにはその熱が伝わっていないということですか？

——あんなにも自然に、当たり前のように、妖怪のコミュニティに溶け込んでいる人間がいるとは知りませんでした……！　君ならば、もしかして——いや駄目だ。

ここ数か月の間に聞いたあれこれの言葉、全く無関係だと思っていた幾つもの事柄が、連鎖的に繋がっていく。そうかっ、と汀一は思わず叫んだ。

「そっか、そういうことだったんだ！　だったら――」

「何？　汀一、どうした」

「小抓！」

時雨が不安げに問いかけるのと同時に、汀一はその頭上の小抓を摑んで自分の眼前へと寄せた。小抓は驚き怯えたが、汀一が口早に自分の思い付きを語ると、小さくてやんちゃなカワウソは、元々大きな目を一際見開き、嬉しそうに笑った。

「……面白えじゃねえか」

「いける？　言ったおれが言うのもなんだけど危ないよ」

「オレを誰だと思ってるんだ！　任せとけ！」

そう言うなり小抓は身を翻して汀一の手を脱し、凄まじい速さで北へと走り去ってしまった。その背中に「頼むぞ！」と呼びかける汀一を、呆気に取られた時雨や亜香里が見つめる。

「汀一？　小抓に何を頼んだんだ？　一体何を考えて」

「話は後じゃ、そろそろ離れい！　陀羅尼の火が来る！　わしが焼かれたら――お、おい、汀一……？」

急かす魎子の言葉を受け流し、汀一は無言でその隣に並んだ。

今からやろうとしていることに確証はあるかと言われれば、ない。

怖いかと聞かれればもちろん怖い。

でも、と汀一は胸の内で反論した。

おれは時雨や亜香里や魎子に――妖怪たちに何度も助けてもらったし、何より、おれはこの人たち……この妖怪たちには生きてほしい。だから――。

腹を括って見つめた先には、一抱えほどの火球がフレアを纏って浮かんでいる。陀羅尼の火は、自分とターゲットの間に割り込もうとする異物に気付いたのか、ふわりと動いて魎子に突っ込もうとしたが――だが、それより一瞬早く汀一が動いていた。

「そうはさせるか！」

汀一が勢いよく地面を蹴って走り出す。その行動に気付いた時雨はとっさに汀一を止めようとしたが、時雨のその反応は汀一には予測できていた。正確に言うならば、考えるまでもなく直感的に分かっていた。気持ちは嬉しいけれど、今は制止されるわけにはいかないし、説明している時間もない。時雨が伸ばした手を汀一は流れるようにかわし、飛び出した。時雨が戸惑いの声をあげる。

「てい――」

「汀一!?」

「何を！」

一瞬遅れて亜香里と魎子が反応する。だがその時にはもう、汀一は全員の前に飛び出していた。大の字を描くように両手を広げて踏ん張れば、魎子目掛けて突進してきた陀羅尼の火が、汀一の胸と腹とに激突する。その光景に、時雨たちは揃って絶句した。

「て——汀一……！」

時雨の悲痛な叫び、そして魎子と亜香里が息を呑む音が、金沢城公園に同時に響く。

だがその一瞬後、青ざめた顔の三人が見つめる先で、汀一はしっかり陀羅尼の火を抱えたまま、「やっぱりだ」とつぶやいていた。

「やっぱりだ……！　全然熱くない！」

「何？　どういうことだ」

「あ——そっか！　陀羅尼の火は妖怪だけを焼く炎だから」

「そう！　人間には効かないんだ！　こら、暴れるな！」

亜香里の言葉の後を受け、汀一はもがく陀羅尼の火を地面へ押さえつけた。一見すると炎の塊だが、実体はちゃんとあるようで、サイズ的にも手触り的にもバランスボールを抱えているような感覚だ。陀羅尼の火にのしかかる汀一を前に、魎子がはっと息を呑む。

「そうか……。確かにこいつはこれまで獣も虫も草木も焼いたことはなかったし、木に当たれば跳ね返りもした！　妖怪ではない普通の生き物であれば押さえられるちゅうことか！　よう思いついたのう、おぬし！」

「おれが思いついたんじゃないです！　教えてくれた人がいたから」

「教えてくれた？　一体誰が……」

「多分だけど、この術——陀羅尼の火を作った人です」

「何？　しかし、術を用いた高僧は、とっくの昔に亡くなっておるぞ」

「知ってます！　でも、その人の気持ちは生きてたんだと思うんです！　使っていた道具に——多分、木魚に乗り移って……！」

「木魚……？　ああ、木魚達磨か！」

真っ先に気付いたのは時雨だった。こくりと汀一が首肯する。

あの老いた妖怪の意識と記憶は、陀羅尼の火を放った僧侶のものだ。そのことを汀一は深く確信し、陀羅尼の火を押さえる両手に力を込めた。

依然として熱は全く感じないが、ゆらめくフレアを通じて、見たことも聞いたこともない誰かの記憶が汀一の脳裏に流れ込んでくる。

濃密な闇の中に蠢く、不思議な異形のものたちへの強い恐怖心。それらを怖がる人たちを安心させてやりたいという強い願い……。

名前も知らない五百年前のその僧侶が、あらゆる妖怪を滅ぼす陀羅尼の火を放ったのは、ただ命じられたからではなく、良かれと思っての行動だったのだろう。

気持ちは分かります、と汀一は思った。

魎子が言っていたように、人は自分と違うもの、知らないものを恐れる生き物だ。実際、自分も、ハコツルべや暴走したヒンナ、小学校に出た四つ目の化け物なんかは怖かった。

ああいう妖怪しか知らなかったのであれば、妖怪はみんないなくなってほしいと思ってしまうのは理解できる。ただし、絶対に共感はできないけれど。

陀羅尼の火に焼き付けられた記憶は術を用いるところで途切れていたが、その僧のその後についても想像は付く。

彼はおそらく、陀羅尼の火を放った後、妖怪にも人間と同じ感情や生活があることを知り、自身の行いを悔やみながら亡くなったのだ。そしてその念は、僧が生前に使っていた仏具である木魚へと宿り、妖怪となったのだろう。

木魚達磨はおそらく、妖怪以外の存在、つまり普通の人間ならば陀羅尼の火を取り押さえられる可能性にも気付いていたはずだ。だがそれを断言できる根拠はなく、そもそも妖怪と友好的な人間に心当たりもなかったので、木魚達磨は抱え込んだ思いを誰に告げることもできないまま、五百年もの間、妖怪たちと、陀羅尼の火の対象となった魎子を案じ続けていたに違いなかった。そういうことか、と魎子が唸る。

「じゃから木魚達磨は、わしの訪ねたところに現れて、わしの安否を確認しておったのか……！　しかし、本当によう気付いたのう、汀一……！」

「いえ、そんな……！　何か役に立てることがないかって考えてたら、急に色々繋がったんです！　駄目で元々でしたけど」

「駄目元で火の玉に組み付くやつがあるか！」

「気持ちは分かるが落ち着け、時雨。それより汀一、おぬしこれからどうするつもりじゃ？　まさか、そのまま蔵借堂まで持っていくつもりではあるまいな」

「確かに、蔵借堂まで行けばハコツルべはあるけれど」

「でも無理っぽくない……？」

　陀羅尼の火を必死に取り押さえる汀一を遠巻きに見守りながら、魎子や時雨、それに亜香里が訝しむ。陀羅尼の火は逃れようとじたばたしているし、手伝えるものなら手を貸したいが、妖怪が触れるわけにはいかない。

「汀一、一体どうするつもりだ？　そのままずっと押さえているわけにもいくまい」

「大丈夫！　多分、もうそろそろ――」

　ガランガランガランガラン！

　汀一が顔を上げて不敵に笑った矢先、突如、神社の鈴のような音が鳴り響いた。聞き覚えのある怪音に、まず時雨が、続いて魎子が反応する。一同がはっと見つめた先、蔵借堂のある方角から、小さな影が一つ矢のように走ってきた。

「お待たせーっ！」

　カワウソの姿の小抓が全力疾走しながら吼えた。その後ろからは、光輝く大きな箱がガランガランと音を立てながら追ってきていた。それを見るなり時雨が叫ぶ。

「ハコツルべ！　そうか、ハコツルべは小抓の妖気を覚えているから、目を覚ましたら追ってくる……！　わざわざ制御して持ってこなくても」

「そういうこった！　オレが叩き起こしてやったら、しっかり食いついて追っかけてきやがった！　汀一、連れてきたぞ！」

「ありがとう！　早かったね！」

「本気になりゃこんなもんだよ！　じゃあ、後は任せたからな！」

ゴロゴロと転がりながら追ってくるハコツルべを一瞥し、息を切らせた小抓が叫んで跳ねる。亜香里がすかさずそれを受け止めた。汀一はもう一度小抓に「ありがとう！」と感謝を示し、陀羅尼の火を押さえつけたまま、傍らの友人の名を呼んだ。大詰めだ！

「時雨！　ハコツルべの音と光でこっちがやられる前に」

「皆まで言うな、分かっている！」

綺麗に巻いた赤黒い傘を携え、時雨が前に歩み出る。時雨がタクトのように傘の先端をハコツルべへ突きつけると、音と光を発していた箱型の妖具は中空でぴたりとその動きを止めた。「上手い！」と魎子が唸り、よし、と時雨がうなずく。

「ハコツルべを一時的に制御下に置いた！　だがそう長くは持たないぞ！」

「充分！　こっちもそろそろ限界だし！　じゃあえーと、せーので行くよ！」

「タイミングが分かりにくい！　一、二の三にしてくれ！」

「分かった！　せーの、一、二の」

「三！」

汀一が陀羅尼の火を放して飛びのくのと同時に、時雨が傘を振り下ろす。その動きに合わせてハコツルべは軽やかに飛び、解放されたばかりの陀羅尼の火に被さった。

陀羅尼の火が発していた光がハコツルべの箱状の体に遮られたため、あたりがふいに暗くなる。遠くから響く太鼓の音がはっきりと聞こえるほどの沈黙が、ほんの少しの間だけ――一同の体感的には異様に長い間――金沢城公園に満ちた後、時雨の制御を逃れたハコツルべはひとりでに浮き上がったが、その内側にはもう、何もなかった。

「……消えた」

最初に口を開いたのは魎子だった。何もない地面を見つめて茫然と佇む魎子に、亜香里の腕に体重を預けた小抓が息を切らせながら問いかける。

「消えたってのはどっちの意味だ？　綺麗さっぱり消えたのか？　それとも、今は消えたけど、また出てくるってことは」

「ない！　完全に気配が消えておる。陀羅尼の火はもうおらん……！　いや、見事！　やりおったな、汀一！　時雨！　それに小抓も！」

「え」

「あ……」

「まあな！　ざっとこんなもんよ！　つうか、どうしたんだよ汀一も時雨も。カワウソにつままれたみたいな顔しやがって」

「それを言うなら狐だよね？　いや、なんか実感がなくて……成功したんだよね？」

「成功させたんじゃよ、おぬしらが」

「え？　あ、そうか。そうですよね……。そうだよな！　聞いた？　やったな、時雨！」

ようやく感極まってきた汀一が思い出したように手を振り上げ、満面の笑みで時雨に駆け寄る。その勢いに気圧されたのか、時雨は一瞬戸惑ったが、すぐに照れ臭そうに右手を掲げた。

「……あ、ああ。やったな」

「うん！」

そっと出された時雨の掌に汀一が勢いよく自分の手を叩きつけ、軽やかなハイタッチの音が公園に響き渡る。魎子や小抓、それに亜香里が見守る中で、二人の少年は視線を交わし、同時に笑った。

ひとしきり安堵し、喜び合った後、一同は蔵借堂へ帰ることにした。

その道中で、汀一は金沢城公園の片隅に転がっていた古ぼけた木魚を見つけた。かなりの年代物のようだった。色褪せ、ひび割れたそれを手にした魎子は「強い悔恨の念が宿っていたようじゃが、今は綺麗に抜けている」と評し、ものを言わない木魚に向かって労うように微笑みかけた。

「ご苦労じゃったな、木魚達磨殿。ゆっくり休んでくだされ」

そして、それから小一時間後。汀一たちは、ボランティアを終えて帰ってきた瀬戸や蒼十郎に今夜の出来事を語って聞かせた。貸切状態の「つくも」の店内で、瀬戸は汀一や小抓の無事を喜んだ。また蒼十郎は時雨を労い、その上で、眉をひそめた。

「それはそうと……ハコツルベはどうなったんだ？」

「あ！　やっぱりそこ気になりますよね……」

「いやー、それがなあ。陀羅尼の火が消えたことで、皆、すっかり安堵してしまい、ハコツルベのことを見事に忘れておってのう。思い出したころにはどこかに消えておった。してやられたなあ！」

　気まずげに苦笑する汀一の後を受け、小抓を頭に乗せた魎子が豪快に笑った。汀一にしてみれば、あいつが逃げてしまったというのは結構な問題に思えるのだが、魎子は「まあどうにでもなるわい」とあっさり片付け、隣り合って座る汀一と時雨へと向き直った。

「しかし二人はようやったのう。発想も良かったし、コンビネーションも大したもんじゃ。わしが割り込む隙もなかった」

「そうそう。わたしも何もできなかったし……。すごかったよ、汀一と時雨」

　魎子に続いて亜香里がコメントし「お疲れ様」と優しく笑う。その笑顔だけで今日の頑張りの元は取れると汀一は思った。「それに」と亜香里はさらに続ける。

「なんだか二人とも楽しそうだったよね」

「おれ、別に楽しんでたつもりはないんだけど……でも、そう見えたなら」

　汀一はそこで一旦言葉を区切り、隣に座っている長身の友人へと目をやった。

「時雨がいたからだと思うよ。そもそも時雨がいなかったら、おれ多分早めに諦めてたし。時雨と一緒だったから頑張れた気がする」

「君はまたそういう恥ずかしいことを臆面もなく……！　だ、だがまあ、それは僕も同感だ。僕一人だけだったら、師匠が自分が陀羅尼の火に焼かれると言い出した時、反論すらできなかったと思う。……あんやとな、汀一」

「どういたしまして！　おれが何をしたわけでもないけどね。あと、こっちこそありがとう。あの感じ、久しぶりだった」

照れ臭そうに微笑する時雨に、汀一はてらいのない笑みを返した。

やっと寂しさを乗り越えたと思ったら帰ってくるなんて、それはずるいよ、時雨。しかも、またすぐいなくなっちゃうんだよな……？

心の中ではそんな声も響いていたが、それは口に出して言うべきではないと汀一は判断していた。「ところでよ」と声を発したのは魎子の頭上の小抓である。

「あの火の玉が消えたってことは、魎子が旅を続ける理由はなくなったわけだよな？」

「そうじゃが、あちこちの知り合いに陀羅尼の火が消えたことを教えてやりたいし、ハコツルべも追わねばならんからな。しばらくはこの街でゆっくりさせてもらうが、旅暮らしは続けるつもりじゃ」

「あ、そうなんですね……」

相槌を打つ汀一の声は、自分でもびっくりするほどに寂しげだった。

分かっていたことではあるけれど、それでもやはり……。

そう自問する汀一の隣で、時雨は少し沈黙し、顔を上げて魎子を見つめ、口を開いた。

「――あの、師匠。弟子を抜けることは可能でしょうか」

「何？」

「え？」

魎子と汀一の問い返す声が重なって響く。亜香里や小抓らも見つめる先で、この街のこの店で育った傘の妖怪の少年は、いつも以上に背筋を伸ばし、膝の上の拳を小刻みに震わせながら言葉を重ねた。

「師匠といることが嫌になったわけではありません。実際、この二か月間は、とても勉強になったし、有意義でしたし、充実していました。でも、街に帰ってきて分かったんです。やはり僕はここが――す、好きで、ここにいる人たちが好きなんだ、ということが。いつか離れることになるとしても、今はまだここにいたいと……」

「……ほう。これはまた随分身勝手な意見じゃなあ。普通そういうことを言う時は、何かしら理論武装をするもんじゃろう。なのに、理屈も理論も何もなく、ただ自分がそうしたいから、弟子を抜けると言うのか」

「は、はい」

「待って千里塚さん！　時雨はですね」

「全然構わんぞ」

不穏な空気を感じた汀一が慌てて口を挟んだ矢先、魎子があっさり言い放つ。え、と戸惑う汀一と時雨。その間抜けな顔が面白かったのだろう、魎子は噴き出し、笑顔のまま続けた。

「考えてもみい。おぬしらは、わしの仇敵じゃった陀羅尼の火を片付けてくれた大恩人じゃぞ？　反論などできるものか。好きにしたらええわい」

「は、はあ……。いやしかし、僕が自分で言うのもなんですが、怒ったり呆れたりされないんですか？」

「せん。人もお化けも、気持ちは変わるし状況も変わる。本当の自分の気持ちが前言と違うなら、今の気持ちの方を大事にしてやらんといかんじゃろう？　時と場合に応じて前言を撤回できるのも一つの強さじゃし、正直な気持ちをそのまま言えるのもまた強さ。そもそもお化けは自分勝手なものじゃからな」

「はー……。妖怪ってそういう考え方なんですね」

「いやいや、この人が飛びぬけて自由なだけだから」

「あのね、厳格で真面目な妖怪もちゃんといるからね」

感心する汀一に亜香里と瀬戸が小声で告げる。そのやりとりを見た魎子は悪びれずにまた笑い、少し真面目な顔になって時雨に向き直った。

「……実際、わしもその方がいいとは思っておった。しばらく一緒にいて分かったが、おぬしはまだ未熟で成長途上で、しかも成長はおそろしく早い。自分が不老だとつい忘れてしまうが、若い時間は貴重じゃからな。妖具職人になるにしても、まず人として育ってから考えるのがいいじゃろう。というわけでおぬしは破門じゃ」

「はい、ありがとうござい……『破門』？」

「一度言ってみたかったんじゃ」

「そ、そうですか……。ともかくありがとうございます師匠、いや、千里塚さん」

わざわざ呼び直した上で時雨が深々と頭を下げ、魍子が嬉しそうにうなずく。「それはいいけどさ」と亜香里が眉根を寄せて口を挟んだ。

「時雨、学校どうするの？　退学しちゃったんだよね」

「あ」

「実はそれ、休学扱いにしてるんだよね。もしかして戻ってくるんじゃないかとも思ってたし、僕はほら、高校は出ておいた方がいいと思っていたから……。手続きさえすればすぐ戻れるよ」

青ざめた時雨に向かって瀬戸は嬉しそうに告げ、「戻るとしたら葛城くんと同じクラスになるはずだ」と言い足した。えっ、と時雨が息を呑み、それを聞いた亜香里が汀一に笑いかける。

「そうなんだ。良かったね汀一！　……汀一？　どうしたの、ぼーっとして。時雨が帰ってくるのに嬉しくないの？」

「え？　あ……うん。嬉しいよ。嬉しいんだけど、色々急で現実感がなくて」

「無理もないわい。今夜は色々あったからのう。まあ、ゆっくり慣れていけばええ。……蒼十郎にも色々心配を掛けたな」

「俺は何もしていないが……しかし、結局弟子は取らないのか？」

「ああ、それなんじゃがな」

蒼十郎に問いかけられた魎子は無造作に自分の頭の上に手を伸ばした。頭に乗ったままだった小抓を掴み、顔の前まで下ろして問いかける。

「小抓。おぬし、わしと一緒に来んか」

「え？」

「カワウソの性では一所に収まって暮らすのは辛かろう。その点、旅はいいぞ。飽きるということがない！　それに、ハコツルべを捕まえるにしても、おぬしがいると丁度いい。まあ金沢を発つのはしばらく先になるから、ゆっくり考え——」

「行く！」

魎子が言い終わるより早く、小抓が嬉々として即答する。そのあまりにあっさりとした返答に、汀一たちはしみじみと呆れた。

「決めるの早いな……。時雨は一か月迷ったのに」

「そんな優柔不断じゃねえんだよオレは。あ、でも明日の祭りはみんなで行くからな！」

魎子の手に収まったまま小抓がきっぱり言い放つ。小抓らしい勝手で奔放な物言いに、汀一は再度呆れ、そして時雨や亜香里と顔を見合わせ、笑った。

火炎のおどろおどろしさは妖怪を駆逐する朝日の描写としてふさわしいとはいえない。同じ妖怪たちの行列が遭遇した物体としてここで想起すべきは、『付喪神記』上巻のラストシーンに描かれる尊勝陀羅尼の火炎である。絵巻末尾の威圧的な球体は、『付喪神記』の関白の守りに込められた尊勝陀羅尼が吹いた火炎と見る方がはるかに妥当なのである。尊勝陀羅尼の威力が真っ赤な球体となって付喪神を蹴散らすさまは、まるで天空からの罰を象徴するように見える。

（田中貴子『百鬼夜行の見える都市』より）

エピローグ

諸々の報告や労いが一段落した後、汀一は時雨とともに店を出た。

この時間になるともうバスはなく、おまけに雨が降り出していた。傘を借りて帰っても良かったのだが、時雨が送ると言ってくれたので、汀一はその申し出に甘えることにした。

提灯太鼓行列の子供たちはとっくに全員家路についたのだろう、太鼓の音はもうどこからも聞こえない。雨のしょぼしょぼと降る古都の静かな夜道を、汀一は傘を差した時雨と並んで歩いた。

「なんだか久しぶりだな……」

石畳を歩きながら時雨が嬉しそうに言う。すぐ隣、少し上から、傘に反響した時雨の声が聞こえるこの感覚は、なんだか無性に懐かしい。時雨が帰ってきたという事実を改めて噛み締めながら、汀一は視線を上げて友人を見上げ、しみじみと言った。

「もう傘を持ち歩かなくていいんだな」

「いや、そこは持ち歩いてくれ」

「えー？　……でもさ、時雨が帰ってきてくれて嬉しいよ」

「そ、そうか？　そう言ってもらえると僕も嬉しいが」

「そうだよ。寂しかったんだから」

「そ、そうか」

「ほんと、すごく寂しかったんだからな？　ちょっと前にどうにか立ち直ったけどさ、それまではほんとに、ほんっとに寂しかったんだからな？」

「汀一？　どうした急に」

「急じゃないよ。ずっと思ってたんだけど、言うタイミングがなかったんだ。千里塚さんも正直に言えるのが強さだって言ってたし、今夜中に伝えておこうと思ってさ」

　そう言って嬉しそうに笑いかければ、時雨は「まったく君は」と溜息を吐いた。その呆れ方も久々で、汀一の胸がほっこりと温かくなる。

「そうだ、小春木さんにも教えてあげないと！　絶対喜ぶよ、あの人も寂しがってたから……。どうする？　おれから言う？　それとも時雨から？」

「そこは別にどっちでもいいだろう」

「ちゃんとしないと駄目だよ。そうそう、学校のみんなも喜ぶと思うよ」

「そうだろうか」

「そうだって。木津さんとか鈴森さん寂しがってたし、少なくともおれは喜ぶ」

「自分を『学校のみんな』に含めるのはずるくないか……？　正直、気が重いところもあるんだ。一度出て行った者が、どんな顔で登校すればいいのか」

「怖いなら最初は一緒に行ってあげようか」

「親か君は。と言うか、一緒に行くも何も、同じ学校の同じクラスだろう」

「まあそうなんだけど、そこは気持ちは嬉しいとかなんとか言えよ」

じろりと横目で見上げてやると、時雨は気恥ずかしそうに目を逸らしてしまった。前髪越しの双眸が雨音を響かせ続ける愛用の傘を見上げ、ぼそりと抑えた声が響く。

「……いよいよ梅雨入りだな」

「すごい強引に話変えたね」

「い、いいだろう別に……！　傘の妖怪である以上、雨や雨期には反応してしまうんだ」

「それは知ってるけど、梅雨よりその後の夏の方が楽しみだよ」

「楽しみ？　何かあるのか？」

「そう言われると別に何もないんだけど、春はあっという間に過ぎちゃったからさ。夏はしっかり楽しもうと思ってるんだ。春過ぎて夏きにけらし白妙の、だよ」

「衣干すてふ天の香具山、か？　しかしあれは『いつの間にか春が終わって夏が来てしまったらしいぞ』という歌だろう。まだ六月だぞ。早くないか」

「そうだっけ？　でもほら、春が過ぎて夏が来る歌なんだからそこまで変でもないだろ」

「変だ」

「うう……。時雨はそういうところほんと時雨だよね……。とにかく、夏はちゃんと楽しむからね！　まずは明日のお祭りから！　オー！」

「元気なことだな」

「……そこは『オー』って来てくれないとおれ寂しいんだけど」

「寂しがられても困るんだが」

いじましい目をした汀一を時雨が見返し、呆れたような溜息を落とす。こういう中身のない会話も久々で、言葉を交わすという行為自体が何より楽しい。へへへ、と苦笑を浮かべつつ、汀一はふと、去年のこの時期にも、こうして時雨と二人でこの街を歩いていたことに気付いた。あ、と声を漏らした汀一を、時雨が見下ろし、問いかける。

「どうかしたか？」

「金沢に来て時雨と会って、もう一年経つんだなと思ってさ」

「まだ一年は経っていないだろう。君は去年の百万石まつりの直後に転校してきたのだから、『ほぼ一年』や『おおよそ一年』と言うべきだ」

「なんでそういうところ細かいの？　それくらいはサービスしてよ。……でもさ、色々あったよね」

「ああ、あったな。……それに、これからも色々あるだろうな」

「ありそうだね……。でもまあ、何とかなると思――あ、そうだ！」

時雨の感慨深げなコメントにうなずいた後、汀一はふと足を止めた。大事なことを忘れていたと、今更思い出したのだ。同行者の急停止に、先に行きそうになった時雨は立ち止まり、汀一に傘を差しかけた。

「急にどうした？」

「言わなきゃいけないこと忘れてた」

訝る時雨に汀一がまっすぐ向き直って苦笑する。背筋を伸ばして姿勢を正した汀一は、友人の顔をまっすぐ見上げると、笑みを浮かべ、こう告げた。

「お帰り、時雨」

親しい相手を迎え入れるための言葉が、静かな夜道に確かに響く。時雨は一瞬きょとんとしたが、はっ、と小さな吐息を漏らし、口を開いた。

「……ああ、そうだな。ただいま」

そう告げる時雨の顔には、嬉しそうな微笑がしっかりと浮かんでいた。

滅多に笑わない友人の貴重な笑みを汀一が目に焼き付けていると、見られるのが恥ずかしいのか、時雨は顔を前方へと向け、歩き出してしまった。慌てて隣に並んだ汀一を横目で見下ろし、時雨が軽く肩をすくめる。

「まさか君に迎え入れられることになるとはな」

「ようこそ！　いい街だよ、ここ」

「言われなくても知っているが」

「案内しようか？」

「だから、なぜそんな必要が」

自慢げな汀一の提案に時雨は眉をひそめたが、別れ際の約束を思い出したのだろう、軽く肩をすくめ、もう一度しっかりと微笑んだ。

「ああ。ぜひ頼む」

あとがき

この作品はフィクションです。作中で語られる妖怪の設定などは実在の資料を参考にしていますが、物語に合わせて改変している部分もあり、また、舞台となる街についても実際の様相とは異なっている箇所もあります。ご了承ください。

というわけで改めまして。ご無沙汰しております。峰守ひろかずです。おかげさまで三巻目！　作中では一年が経過し、一巻が始まった時の季節に戻ってきたわけですが、そこまで書けたのも読んでくださった方のおかげです。ありがとうございます！

さて、この巻で何を書きたかったのかと言いますと（以下、内容に触れますので本編を読んでからお読みください）、まずは立場の逆転や相対化。これまでは「迎えられる側」「相談する側」「面倒を見られる側」だった汀一が、逆の立場になった時どうするか、ということです。自分より幼い小抓という新入りが蔵借堂に来て、これまでは頼れる相談相手だった亜香里は問題を抱え、最初に出来た友人である時雨を送り出してやらないといけなくなる。そういう状況で汀一は何を考えてどう動くのかが書きたかったのでした。

ちなみに亜香里の過去や内面の話は、一巻の頃からどこかでやりたいと思いつつ入れる部分がなかったのですが、ようやく書けました。おかげで（作者が自分で言うのもなんですが）より人間味と深みのあるいいキャラになってくれたと感じています。

で、もう一人の主人公である時雨については、悩む……と言うか、「選ぶ」話をやりたかったのです。「トラブルが起きたから解決」とか「追い詰められた末の言動」とかではなくて、ある程度時間に余裕がある状態で選択肢を与えられた時、一巻以来色々な経験を重ねてきた彼は何を思い、どうするか。そして、そんなこんなを経て、汀一と時雨は何を見付け、どういう形に落ち着くのか……。その流れを見せたくて書いたのがこの巻です。あと、当たり前の日常って案外すぐ変わるもので、だからこそ日常には価値があるよね、というのも一つのテーマだったかもしれません。それは人でも妖怪でも同じことで、だからなおさら「今」という時間は貴重ですよね、という。

もちろん妖怪ものなので妖怪絡みの事件も起こります。奇妙な妖怪ハコツルベの出現に始まり（この妖怪は前から気になっていたので、出演いただけて光栄です）、何百年も続く因縁の話が絡みます。結果、汀一たちは今回、妖怪という種族全体の存亡にかかわる大問題と、友人との別離や再会という（言ってしまえば、ありふれた）出来事の両方に振り回されることになります。この二つの問題、客観的に見れば規模は全然違うんですが、当事者にしてみればどっちも大事だし、なんなら後者の方が大問題だったりする……みたいな気持ちが伝わるように書いたつもりなので、少しでも伝わっていれば嬉しいです。

なお、「夏きにけらし」ってサブタイトルの割に夏の話じゃなくない？　と思われた方もおられるかもですが、そこはほら、「春過ぎて」の話ということで。表紙イラストの光景はエピローグの翌日というイメージなので、そう思って見ていただければ。

閑話休題。先に「日常」という言葉を使いましたが、本作を執筆したのは、新型コロナウイルスの感染拡大が収まっていない、いわゆるコロナ禍と呼ばれる状況の中でした（注：刊行からしばらく経ってから読まれた方へ。そういう時代だったのです）。このあとがきを書いている今も収束する気配はなく、本作の舞台のモデルにした金沢では、この巻で取り上げた金沢百万石まつりは二年連続で中止が決定したそうですし、しばらく前に現地を訪れた際には、作中にも名前を出した浅野川稲荷神社に、コロナ禍で一気に有名になった妖怪・アマビエがひっそりと飾られていました。

そんな状況で、文芸もこれまでと同じ日常を描き続けていいのか、世界観を現実に即したものに変えるべきではないか……という声を聞いたことがあります。WEBで見かけたこともありますし、作家同士がそんな話をしている場に居合わせたこともありますが、私としては「必ずしもそうしなくてもいい」という立場を選びたいと思っています。

そもそもコロナ禍以前から、人が置かれている状況は千差万別です。離島に住んでいる人には大都市を舞台にした物語は現実の話として実感しづらいでしょうし、天災に見舞われた人には代わり映えしない平和な日常が続く話は現実感を伴わないと思います。万人に現実感を持ってもらうのは不可能ですし、物語はそういう目的のためだけにあるものでもないのだから、リアルな今に合わせる必要はないというのが今の私の考えです。

無論、シビアな現実を創作に反映させることを否定するものではありません。書きたいテーマに合わせた設定を作者が選べて、読者は気分に合わせて読みたいものを選べるのがフィクションの利点だと思います。なので私も今後そういうものを書くこともあるかもしれませんが、少なくとも「くらがり堂」は、今回もこれまで通り、基本明るく賑やかで、時に切なくなったりしつつも最終的にはめでたしめでたし！　という感じでやっています。ご理解いただければ幸いです。

さて、この本を作る上でも多くの方のお世話になりました。カバーイラストを描いてくださった鳥羽雨様、季節感のあるほっこりした絵をありがとうございます。甚平いいですよね！　担当編集者の鈴木様にも大変お世話になりました。いつもご迷惑をお掛けしております。そして金沢在住の作家である紅玉いづき様には、今回も地元事情についていろいろとご教示いただきました。この巻は行事の話題が多かったので、地元の方の話を聞けたのは大変助かりました。また、金沢学院大学講師の佐々木聡様にもリモートでの取材にご協力いただきました。この場をお借りしてお礼を申し上げます。できれば実際に現地に行って桜や鯉流しを見たかったんですが、それはまたの機会ということで……。今回取り上げたスポットは（犀川の桜橋も、金沢城公園の玉泉院丸庭園も、子来町緑地も、その他の場所も）それぞれ違った味わいのある素敵な場所なので、気軽に旅行できるようになったらぜひ足を運んでみていただきたいです。

そして最後に、ここを読んでくださっているあなたへ。ここまで読んでくださったこと、本当にありがとうございます。いつもお世話になっております。

では、機会があればまたいつか。お相手は峰守ひろかずでした。良き青空を！

主要参考資料

・鏡花全集　巻二十七（泉鏡太郎著、岩波書店、一九四二）
・泉州むかし話　第6集（阿形賢一著、泉州文芸同好会、一九九六）
・砺波民俗語彙（佐伯安一著、高志人社、一九六一）
・鳥山石燕画図百鬼夜行（高田衛監修、稲田篤信・田中直日編、国書刊行会、一九九二）
・民具研究　第一二五号（日本民具学会編、武蔵野美術大学民俗資料室内、二〇〇二）
・百鬼夜行の見える都市（田中貴子著、筑摩書房、二〇〇二）
・日本怪異妖怪大事典（小松和彦監修、常光徹・山田奨治・飯倉義之編、東京堂出版、二〇一三）
・47都道府県・妖怪伝承百科（小松和彦・常光徹監修、香川雅信・飯倉義之編、丸善出版、二〇一七）
・日本妖怪大事典（村上健司編著、水木しげる画、角川書店、二〇〇五）
・妖怪の通り道　俗信の想像力（常光徹著、吉川弘文館、二〇一三）
・図説百鬼夜行絵巻をよむ（田中貴子・花田清輝・澁澤龍彥・小松和彦著、河出書房新社、一九九九）
・百鬼夜行絵巻の謎（小松和彦著、集英社、二〇〇八）

・全国妖怪事典（千葉幹夫編、小学館、一九九五）
・鏡花　泉鏡花記念館（泉鏡花記念館編、泉鏡花記念館、二〇一七）
・儲かる古道具屋裏話（魚柄仁之助著、文藝春秋、二〇〇一）
・古美術手帖　はじめての骨董（ナカムラクニオ著、玄光社、二〇一九）
・はじめての和骨董の楽しみ方（成美堂出版編集部編、成美堂出版、二〇〇一）
・古民具の世界（安岡路洋編著、学習研究社、二〇〇一）
・国際日本文化研究センター　怪異・妖怪伝承データベース
（https://www.nichibun.ac.jp/YoukaiDB/）

この他、多くの書籍・雑誌記事・ウェブサイト等を参考にさせていただきました。

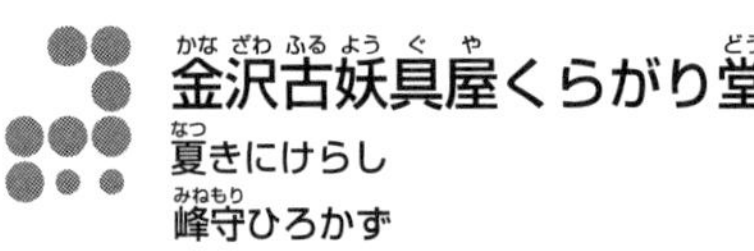

2021年7月5日初版発行
2021年7月27日第2刷

発行者……千葉 均
発行所……株式会社ポプラ社
〒102-8519 東京都千代田区麹町4-2-6

フォーマットデザイン 荻窪裕司(design clopper)
組版・校閲 株式会社鷗来堂
印刷・製本 中央精版印刷株式会社

本書は書き下ろしです。

落丁・乱丁本はお取り替えいたします。
電話(0120-666-553)または、ホームページ(www.poplar.co.jp)のお問い合わせ一覧よりご連絡ください。
※電話の受付時間は、月～金曜日、10時～17時です(祝日・休日は除く)。

ポプラ文庫ピュアフル

ホームページ www.poplar.co.jp

N.D.C.913/287p/15cm
ISBN978-4-591-17066-3
P8111315